크리처스

곽재식
크리처스

3 흑갑신병 편上

신라괴물해적전

곽재식×정은경×안병현

0

"대나무는 비밀을 먹고 자란단다."

사내의 아버지는 대숲에 갈 때마다 그렇게 말했다. 당포*의 대숲은 사내의 할아버지의 할아버지 때보다 훨씬 전부터 한자리를 지켜 왔다. 마침내 그 역시 아버지가 되었을 때, 갓 열 살이 된 아들에게 같은 이야기를 들려주었다.

"대나무는 비밀을 먹고 자란단다. '임금님 귀는 당나귀 귀' 이야기 알지? 하나 대나무가 진짜 먹고 자라는 것은 따로 있단다."

"그게 뭔데요?"

아들이 물었다.

"……피!"

"으악!"

아들이 눈을 동그랗게 뜨고 새된 소리를 냈다. 사내는 아들의 놀란 모습이 귀여워 아들의 머리를 쓰다듬었다.

"하하하! 이놈아, 지어낸 이야기에 그리 겁을 먹으면 어쩌냐?"

---

* 당포: 현재의 울산 온산읍 부근

"휴. 난 또."

아들이 안심하며 하얀 입김을 뱉었다. 공기가 차가워지고 있었다. 해가 지고 있는 것이다.

어두워지기 전에 돌아가야 했다. 사내의 눈에 새까맣게 변한 대나무가 보였다. 무언가 갉아 먹은 듯 대나무에 아주 작은 이빨 자국이 있었다. 언젠가부터 죽도의 대숲이 시들더니 죽음의 기운이 감돌았다.

스스스스슷— 댓잎이 세차게 흔들렸다. 댓잎의 흔들림이 가까워지고 있었다. 우웅 우우우웅— 대의 비어 있는 곳이 바람과 공명하며 울렸다.

"아버지! 대숲이 울고 있어요……."

아들의 커다란 눈에 공포가 서렸다.

당포에는 이런 말이 돌았다. 대숲이 울면 놈이 나타난다고.

사내와 아들의 뒤에서 댓잎이 흔들거리는 소리가 들렸다.

"업혀라! 어서!"

사내는 아들을 들쳐 업고 달렸다.

스스스스스스슷 사사사사삭— 소리는 사내의 바로 뒤까지 쫓아왔다. 스산한 댓잎 소리가 속삭이는 것처럼 귓가에서 들려오자 사내는 머리털이 쭈뼛 섰다. 등이 땀으로 축축해지자 한기가 들어 몸이 으스스 떨렸다.

대숲을 나가는 길이 조그맣게 보였다. 조금만 더 가면 대숲을 나갈 수 있다. 순간의 안도감이 그를 방심케 했을까. 후욱 무언가가 사내를 떠밀었다. 사내는 몸이 앞으로 쏠리며 땅에 고꾸라졌다.

"윽!"

댓잎 소리가 사내와 아들을 조여 오고 있었다.

"먼저 가거라! 빨리!"

사내가 엄한 표정으로 말했다.

"아버지…… 흑흑, 아버지……!"

이것이 아버지의 마지막 모습이 될 것이라고 아들은 본능적으로 깨달았다. 아들은 눈물범벅이 되어 떠밀리듯 달아났다.

스스스스슷— 댓잎의 흔들림이 파도처럼 일렁이며 다가왔다.

"누, 누구냐?"

사내가 외치자 화악—하고 무언가 그를 덮쳤다. 투두둑. 눈을 바늘로 찌르는 듯한 고통이 느껴졌다. 사내의 눈에서 실핏줄이 터지며 시뻘겋게 변하더니 피 눈물이 흘러내렸다. 쿨럭. 기침을 뱉은 사내의 입에서도 울컥울컥 피가 솟구치기 시작했다. 피가 쏟아지고 또 쏟아졌다. 이윽고 사내는 허옇게 질린 얼굴로 몸을 축 늘어 트렸다.

대숲을 빠져나와 달려가던 아들이 뒤를 돌아보았다. 아버지의 비명이 들린 것 같았다.

스스스스스슷―.

사사사사삭―.

아들은 그날 또렷하게 보았다. 푸르렀던 대숲이 먹물을 찍은 종이처럼 까맣게 물들어 가는 것을. 보이지 않는 커다란 괴물이 대숲을 집어삼키는 것 같았다.

1

해적에게 행복한 순간은 언제인가.

엄청난 보물을 얻었을 때? 고기와 술로 주린 배를 채웠을 때? 그 토록 두려워하던 개밥, 장보고가 죽었을 때?

모두 아니다. 증오하던 자를 죽일 때다.

저승사자로 불리는 해적 흑삼치에겐 지금이 가장 행복했다. 철 불가와 덕담계 해적 두령으로 알려진 소소생을 붙잡아 사포로 가 고 있기 때문이다. 흑삼치는 자신보다 세 배나 덩치가 큰 놈을 죽 이고 해적 두령이 되던 날보다 지금이 몇 곱절은 더 짜릿했다.

"이번엔 정말 어떻게 안 되겠죠? 달아나는 거요."

소소생이 쇠사슬에 묶인 손과 발을 흔들며 물었다.

"알면서 왜 묻느냐? 이 비장 그놈이 흑삼치에게 날 잡아 오라고 시킬 줄이야! 종묘사직을 놓고 맹세한다더니, 이 비장 이놈은 아주 선조들을 개밥으로 보는구나."

"철불가가 할 말은 아니지 않아요? 마녀묘를 파헤쳤으면서. 장낭자가 노해서 지금 우리가 벌받는 걸지도 모른다고요."

소소생이 어이없다는 눈으로 철불가를 흘겨보았다.

그렇다. 지금 이 사달의 시작은 마녀묘였다.

반나절 전, 소소생과 철불가는 마녀묘에 있었다. 두 사람은 사람을 잡아먹는 괴물, 장인들을 물리치려 놈들을 마녀묘로 유인했다. 장 낭자가 백룡으로 변해 해적들을 혼내 준다는 소문은 실은 용오름을 보고 퍼진 것이었고, 철불가는 이 용오름을 이용해 장인들을 그들이 살던 섬으로 돌려보냈다.

그러나 철불가와 헤어지고 고래눈과 행복한 미래를 그릴 일만 남았을 때(물론 소소생의 생각일 뿐이다) 저승사자 흑삼치가 나타났다.

"철불가만 살려 두고, 나머지는 죽여라."

"네?"

소소생이 놀라 소리쳤다. 고래눈과 범이는 즉시 칼을 빼 들었다.

철불가는 눈치 없이 너스레를 떨었다.

"나 참, 흑삼치! 나한테만 이러기야? 뭐, 이해해. 집착하고 미워하다 보면 정드는 거. 미운 정이 제일 더럽다지? 그래도 나만 살려 두라니 난 이 상황이 좀 불편해. 살릴 거면 다 살리고……."

"다 죽여라."

흑삼치가 철살도를 꺼내 발치에 놓인 하얀 바위를 베었다. 서걱. 커다란 바위가 풀잎처럼 단번에 베어졌다.

"그렇다면 어쩔 수 없지."

즉시 태세를 바꾼 철불가는 흑삼치의 눈에서 '반드시 죽인다.' 는 광기를 읽었다.

"나 혼자 살아남는 건 애석하지만 어찌하겠는가. 고래눈, 범이, 소소생 그대들 모두 고생했고, 극락에서 보세나."

철불가는 혀를 놀리며 뒤로는 솔개날에 화살을 장착하려 했다. 그런데 허리춤에 있어야 할 솔개날이 잡히지 않았다.

"이걸 찾나?"

흑삼치는 손으로 솔개날을 휘휘 돌리며 물었다.

"용오름도 내 편인가 봐? 이걸 내 앞에 툭 하고 던져 주던데. 솔개날만 믿고 혀를 놀렸을 텐데 이제 어찌할 테냐?"

흑삼치는 정말 재밌어 죽겠다는 듯 빙긋 웃었다. 흑삼치가 저승사자로 불리게 된 결정적인 이유는 이 미소, 죽기 전 단 한 번만 보게 된다는 소름 끼치는 미소 때문이었다.

"저기 흑삼……."

철불가가 한없이 가벼운 주둥이를 나불대려 하자 흑삼치는 한 치 망설임도 없이 철불가의 뒤통수를 갈겼다.

"꽥!"

철불가는 그대로 의식을 잃었다. 과연 솔개날 없는 철불가는 아무짝에도 쓸모없는 인간이었다.

이에 고래눈이 나섰다.

"흑삼치 님, 엄밀히 따지면 장인을 먼저 해치운 자, 우리의 내기에서 이긴 자는 철불가라오. 그런 그를 죽이는 것은 치사하고 비열한 일이 아니겠소?"

고래눈은 해적끼리 했던 내기를 언급했다. 철불가와 장인을 먼저 죽인 해적에게 서해와 남해, 동해까지 모조리 내주기로 했던 것. 우습게도 승자는 내기의 대상이었던 철불가였다.

하, 흑삼치가 코웃음을 쳤다.

"고래눈이 아니라 동태눈으로 이름을 바꿔야겠구나. 저승사자 흑삼치에게 약속을 지키라니, 해적이 의적이라 불리는 것만큼 우습군. 해적에게 약속이란 것은 파도처럼 사라지는 것을. 내 그래도 같은 해적임을 감안해 너희는 단번에 죽여 주마."

흑삼치가 부하들에게 명했다.

"고래 사냥을 시작해라!"

"예!"

부하들은 흑삼치의 말이 떨어지자마자 고래눈과 범이를 둘러쌌다. 흑삼치의 부하들은 어깨가 웬만한 장정보다 한 뼘 이상 넓고 팔과 다리는 돌처럼 단단했으며, 모두 검은 옷을 입고 있어 저승에서 건너온 군대 같았다. 덩치 차이만으로도 고래눈과 범이가 압도적으로 불리해 보였다.

"고래눈 현상금이 꽤 두둑하다던데 보물 좀 만져 보겠구나. 하하하."

흑삼치의 부하 하나가 앞으로 나서며 말했다.

"고래 사냥이라니 지나가던 물개가 웃겠다! 범고래는 상어도 잡아먹는다는 걸 나, 범이가 알려 주지!"

범이가 칼을 양손에 쥐고 나섰다. 챙— 범이와 흑삼치 부하의 칼날이 허공에서 부딪혔다. 순식간에 범이의 칼날이 흑삼치 부하의 어깨를 스쳤고, 흑삼치 부하가 풀썩 쓰러졌다.

"저놈이 감히 형님을!"

"죽여라!"

흑삼치가 서늘하게 말했다.

고래눈도 오합도를 꺼내 쥐었다. 해적들은 허공에서 불꽃을 튕기며 칼을 맞부딪쳤다. 마녀묘는 해적들의 전쟁터가 되었다.

흑삼치가 철살도를 쥐고 소소생에게 다가갔다. 무릎을 꿇은 소소생이 흑삼치를 올려다보니 역광을 받아 시커멓게 보이는 것이 진짜 저승사자 같았다.

"악! 살려 주세요! 저승사자님! 흑삼치 님! 살려 줘요!"

소소생은 흑삼치가 철살도를 휘두르기도 전에 시끄럽게 엄살을 피워 댔다. 소소생이 징징대자 흑삼치는 정신이 사나웠다. 흑삼치는 소소생을 단칼에 죽이려고 철살도를 높이 쳐들었다.

그때 저쪽에서 상황을 파악한 고래눈이 외쳤다.

"범아!"

외마디 외침에도 범이는 찰떡같이 알아듣고 소소생을 구하러 달려갔다. 범이가 마녀묘의 바위 위를 바람처럼 날아가 소소생 앞에 내려섰다. 범이는 흑삼치가 내리치는 철살도를 칼로 받아 내고 몸의 반동을 이용해 칼날을 튕겨 냈다.

"귀엽게 생긴 애송이인 줄 알았는데 제법 칼끝이 매섭구나. 실력이 쓸 만하나 내 상대가 되기엔 멀었다."

"뭐? 귀여워? 애송이?"

범이가 발끈했다.

흑삼치가 여유 있게 웃으며 휘두르는 철살도가 범이의 옆을 아슬아슬 스쳤다. 범이는 바위 사이를 오가며 철살도를 피했지만, 흑삼치는 바위도 개의치 않고 철살도를 크게 휘둘렀다. 바위에 대각선으로 금이 가며 두 동강이 났다.

"……사람 맞아?"

범이가 입을 다물지 못하자 흑삼치가 말했다.

"괜히 저승사자라 불리겠느냐?"

흑삼치는 범이를 가지고 놀듯 공격했다.

옆에서 보고 있던 소소생의 손에 땀이 배어났다. 못마땅한 녀석이었지만 이번만큼은 소소생도 범이가 이기길 바랐다. 하지만 힘, 속도, 기술, 모든 면에서 흑삼치가 압도적으로 우월했다. 소소생은 끈적해진 손바닥을 바지에 비비며 둘의 싸움을 지켜봤다.

범이와 흑삼치의 대결은 대결이라는 말이 무색하리만치 허무하게 끝났다. 철살도의 칼날이 순식간에 범이의 목을 겨눈 것이다.

소소생은 절망적인 얼굴로 고래눈이 싸우고 있는 쪽을 쳐다봤다. 고래눈도 버거워 보이긴 마찬가지였다.

고래눈과 범이가 탄 나룻배가 순식간에 시야에서 사라졌다. 흑삼치의 부하들이 화살과 창을 날렸으나 닿지 못했다.

소소생은 고래눈이 던진 주머니를 열어 보았다. 작은 풍탁*이 들어 있었다. 풍탁은 은방울꽃처럼 생긴 작은 종에 고래 모양의 추가 달려 있었는데 주인인 고래눈처럼 기품 있고 아름다웠다.

"고래 사냥은 다음을 기약하지."

흑삼치가 이를 갈며 말했다. 흑삼치는 철불가와 소소생을 턱 끝으로 가리키며 외쳤다.

"이놈들을 묶어라. 사포로 돌아간다!"

그렇게 철불가와 소소생은 흑삼치의 포로가 되었다.

짤랑짤랑.

소소생은 마녀묘에서 있었던 일을 떠올리며 풍탁을 흔들었다. 작은 고래 모양 추가 움직이며 청아한 소리를 냈다.

"고래눈, 정말 날 구하러 오는 거죠?"

소소생은 적국의 공주와 사랑에 빠진 왕자가 된 것 같은 기분이었다. 소소생의 머릿속에 펼쳐진 이야기에서 고래눈은 혼인을 약조하고 자신을 구하러 오는 설정이었다. 소소생은 한번 상상에 빠지면 설정에 과몰입하는 인간이었다.

---

* 풍탁: 풍경이라고도 불리며, 절이나 집 처마에 달아 두면 바람이 불 때마다 맑은 종소리를 내는 물건이다.

"모르겠니? 넌 버려진 거다."

"예?"

"'이거나 먹고 떨어져.' 하고 준 거라고 그거. 그런데도 고래눈을 기다리다니. 나한테 당한 걸로 부족해? 아직도 사람을 믿는 게야?"

"인간애 상실할 소리는 그만하시죠? 고래눈을 당신과 똑같은 사람으로 취급하지 말아 주세요."

소소생은 철불가와 선을 그으며 풍탁을 소맷자락에 넣었다.

해적들이 들떠서 소리쳤다.

"사포다! 사포에 왔다!"

"고깃국과 술이 우리를 기다린다! 하하하."

흑삼치의 해적선이 사포에 가까워지고 있었다. 소소생은 고개를 쭉 빼서 사포를 내다보았다.

멀리서 봐도 폐허가 된 사포가 한눈에 보였다. 사포는 장인들에게 초토화되어 전쟁이라도 치른 것 같았다. 곳곳에서 시꺼먼 연기가 피어올랐고 아직 끄지 못한 불이 얕은 산마다 번졌다. 무너진 집에서 곡소리가 흘러나왔다. 배가 사포에 가까워질수록 백성들이 다친 몸을 이끌고 분주히 일하는 것이 보였다.

김 대사와 이 비장의 욕심 때문에 가장 크게 다친 것은 결국 백성이란 사실에 소소생은 울분이 터졌다.

그 시각 이 비장은 사포의 망루에 서 있었다. 이 비장은 흑삼치의 깃발이 펄럭이는 해적선을 보고 병사들에게 길을 터 주라고 신호했다. 일찌감치 이 비장은 흑삼치가 보낸 전갈을 받고 해적선이 들어오길 기다리고 있었다.

흑삼치는 부하들에게 해적선을 바위섬 뒤에 정박하도록 명령했다. 곧 배가 멈추고 흑삼치와 부하들이 해적선에서 내렸다.

"왜 이리 굼떠. 빨리빨리 내려가."

부하들은 소소생과 철불가를 끌고 내리며 엉덩이를 걷어찼다. 두 사람은 묶인 채 흑삼치의 손에 잡혀 관청으로 끌려 갔다.

이 비장이 개운한 얼굴로 웃으며 흑삼치를 반겼다. 뒤에 끌려온 철불가와 소소생을 보자 얼굴은 더욱 밝아졌다.

"하하하! 흑삼치 자네가 드디어 해냈군! 자네에게 장인의 둥우리에서 얻은 보물을 상으로 주겠네. 내 종묘사직에 맹세한 바……."

"말씀하신 대로 임무를 완수했습니다!"

흑삼치가 이 비장의 말을 자르고 그의 뒤에 선 자에게 말했다. 김 대사였다.

이 비장은 놀라서 뒤를 돌아보았다. 어째서 보기 싫은 김 대사가 흑삼치를 마중 나와 있단 말인가. 이 비장의 눈이 당혹스러움을 담고 김 대사와 흑삼치 사이를 오갔다.

"잘 왔네. 저승사자 흑삼치라더니 소문이 사실이었군. 해적질하는 솜씨며 감히 나한테 거래를 제안해 온 배포며 저승사자다워."

"철불가와 덕담계 해적 두령, 소소생을 잡아 왔소. 이제 대사께서 약조했던, 동해 바닷길을 다스릴 권한을 주시오."

이 비장은 두 사람의 대화를 따라가지 못해서 미간을 찌푸렸다. 철불가는 이 비장의 표정에서 '대체 무슨 소리들을 하는 거지?' 하는 생각을 읽었다.

"하하하하! 비장! 아직도 모르겠나? 자네 통수 맞은 게야, 뒤통수! 누가 해적이랑 약속을 하나? 수군 장수도 종묘사직에 대고 맹세한 것을 어기는 판에, 하물며 해적 흑삼치가 약속을 지킬 것 같았나? 하하하!"

철불가는 배꼽을 잡고 깔깔댔다.

상황은 이러했다. 흑삼치는 막상 철불가를 잡으니 마음이 바뀌었다. 철불가를 제 손으로 죽이지 못한다면 더 큰 것을 줄 사람, 이 비장보다 더 높은 자와 거래를 하는 것이 이득이었다. 탐욕에 절은 김 대사가 이 비장에게 장인의 보물을 넘겨줬을 리도 만무했다. 이 비장이 약속을 지킬 가능성도 없다고 봐야 했다. 해서 흑삼치는 김 대사에게도 전갈을 날렸다. 철불가와 소소생을 넘길 테니 동해의 바닷길을 완전히 흑삼치에게 넘기라고. 동해는 흑삼치의 것이 되어 해적은 물론이고 수군조차 흑삼치에게 제재를 가할 수 없으며, 수군을 제외한 모든 배는 동해를 지날 때마다 흑삼치에게 통행료를 내야 한다는 조건이었다.

안 그래도 김 대사는 장인 사건으로 사포가 쑥대밭이 되어 골치가 아프던 터였다. 삶의 터전을 잃은 백성들의 원성이 자자했고, 남 헐뜯는 게 취미인 귀족들은 연회를 실컷 즐겨 놓고 태세를 바꾸어 김 대사를 욕하기 바빴다. 극소수의 청렴결백한 관료들은 김 대사를 벌할 것을 왕에게 읍소했다는 소문도 들렸다. 이러다가 김 대사는 서라벌 입성은커녕 감옥 입성부터 하게 될지도 몰랐다.

상황이 이러했으니 흑삼치의 제안은 매우 시의적절했다. 악명 높은 철불가에게 장인을 데려와 날뛰게 한 놈이라고 죄를 덮어씌우면 김 대사는 손을 더럽히지 않고 일을 해결할 수 있었다. 김 대사는 흑삼치의 제안을 받아들였다.

　결국 철불가의 뒤통수를 치려던 이 비장이 도리어 흑삼치에게 뒤통수를 얻어맞은 셈이었다. 이 비장은 김 대사는 그렇다 쳐도 해적에게 배신당한 것이 꽤나 모욕적이었다. 하나 별 수 없었다. 이리 치이고 저리 치이는 게 관료의 설움이니까. 이 비장은 '더러워서 승진하고 만다!' 하며 주먹을 꼭 쥐는 것 말고는 할 수 있는 게 없었다.

　소소생은 억울한 표정으로 김 대사에게 말했다.

　"대사! 저는 덕담계 해적이 아닙니다! 보셨잖습니까, 장인과 덕담 공연하는 것을요!"

　"그래. 잘 봤다. '뒤스'라고 했더냐? 뒤룩뒤룩 살찐 탐관오리의 부스럼을 뜻해서 뒤스라고?"

　"헛! 그… 그것은……."

　"지체 높은 귀족들이 모인 자리에서 그런 소리를 하는 걸 보면 넌 해적이 맞다. 재미도 없고 기지도 없고, 비판을 해 대는 대담함과 무모함만 있지. 네놈이 덕담꾼일 리 없다."

　김 대사는 소소생이 멍청한 덕담꾼인 줄 알았는데 단단히 속았다며 매우 괘씸해했다. 본디 어떤 죄목보다 권위를 조롱하는 괘씸죄가 무거운 법. 장인을 끌고 와 사포를 폐허로 만들고 죄 없는 백

성과 병사들을 사지로 내몬 죄에 괘씸죄까지 더해졌으니. 김 대사
는 부하들에게 당장 처형을 명했다.

"사포가 이리 된 것은 덕담계 해적 소소생과 철불가가 장인을 끌
고 왔기 때문이다! 이놈들을 수레에 매달아 머리와 사지를 찢어
죽이는 거열형에 처하라!"

흑삼치는 김 대사의 이러한 처사가 무척 마음에 들었다. 철불가
는 흑삼치에게 눈빛으로 욕을 발사했다. 흑삼치는 턱을 치켜들고
입 모양으로 '뭐 어쩌라고'를 말해 보였다.

소소생은 해적들의 유치함에 치를 떨었다.

"김 대사, 저는 참말로 해적이 아닙니다!"

"아량을 베풀어 거열형을 내렸거늘! 한 번만 더 혀를 놀리면 네
놈을 산 채로 토막 내어 젓갈을 담글 것이다."

"윽."

소소생은 입을 꾹 다물었다.

"김 대사께서 왜 이러실까? 장인 덕에 돈 좀 벌지 않았나? 내가
더 벌게 해 줄까? 내가 누군가? 천 년을 살고 만 년째 산다는 철불
가 아닌가. 날 살려 주면 보물을 숨겨 둔 곳을 알려 주겠네."

"보물은 이미 충분하다. 놈을 끌고 가라."

병사들이 철불가의 목과 손, 발을 사슬과 밧줄로 포박했다.

"잠깐 잠깐, 김 대사! 험한 벼슬살이 하다 보면 죽이고 싶은 인간
이 있지 않겠나? 내가 대신 가서 샤샤샥 죽여 주겠네. 아무도 모
르게. 어떤가?"

"넌 너무 시끄러워서 아무도 모를 수가 없어. 데려가서 이놈의 혀부터 뽑아라."

"아니, 저기 김 대사! 여보쇼!"

철불가는 소소생에게 알려 줬던 '사람을 현혹하는 첫 번째 비기, 그 사람이 원하는 것을 잘 찍어라'를 썼으나 김 대사는 요지부동이었다. 김 대사에게 철벽 방어를 당하자 철불가는 무척 난감한 표정을 지었다.

소소생은 두 눈을 질끈 감았다. 이제 죽는 수밖에 없었다.

병사들은 철불가와 소소생을 각각 다섯 개의 수레에 머리와 팔다리를 따로따로 밧줄로 매달아 묶었다. 병사들은 소소생의 애원에도 아랑곳하지 않고 밧줄을 힘껏 잡아당겼다.

흑삼치는 매우 흡족한 미소를 지었다. 마음 같아선 철불가가 젓갈이 되는 꼴이든 팔다리가 뽑히는 꼴이든 눈앞에서 보고 싶었으나 부하들이 기다리고 있었다. 흑삼치는 부하들을 데리고 관청을 떠났다.

2

"살려 주세요! 전 철불가랑 모르는 사이입니다! 제발 믿어 주세요! 전 해적이 아니에요!"

소소생이 죽기 살기로 외쳤다.

수레를 끄는 말이 사방으로 발을 뗐다. 그러자 철불가와 소소생을 묶은 밧줄이 팽팽해지며 공중으로 떴다. 말이 성큼성큼 나아 갈수록 밧줄이 세게 당겨졌다. 소소생은 벌써 죽을 듯이 온몸이 아픈 것 같았다.

소소생은 제정신이 아닌 상태로 철불가를 원망했다.

"그렇게 철불가사리가 어쩌고 입을 터시더니, 정말로 불가사리처럼 사지 쫙 벌리고 절단 나게 생겼잖아요! 그냥 아까 장인에게 잡아먹혔어야 했는데. 그럼 한 방에 편히 죽었을 텐데. 이게 뭐냐고요!"

"미안하다. 어떻게든 살 방도가 있을 줄 알았건만 여기서 끝이 구나."

어떤 고비에서도 미꾸라지처럼 빠져나가던 철불가도 이번엔 도리가 없었다. 정말 이렇게 형장의 이슬이 되어 죽는단 말인가. 한탄하며 하늘을 보고 있을 때였다.

"대사! 당포에 일이 터졌습니다!"

이 비장이 막 도착한 전갈을 읽더니 사색이 되어 말했다.

빈들빈들 웃고 있던 김 대사의 얼굴이 일순간 굳었다.

철불가는 수레에 묶여 있었으나 이를 놓치지 않았다. 철불가는 고개를 돌려 김 대사와 이 비장을 주시했다.

김 대사는 이 비장을 데리고 구석으로 가 낮은 소리로 대화했다. 소리는 들리지 않았으나 천하의 철불가가 이 대화를 놓칠 리 없었다. 낮이고 밤이고 조용한 곳이고 시끄러운 곳이고 대화를 엿듣기 위해 남의 입술을 읽는 것쯤은 소소생 속이기만큼이나 쉬웠다. 그렇게 읽은 대화는 철불가를 욕하는 게 대부분이었으나 이번엔 달랐다. 김 대사와 이 비장은 이러한 대화를 나누었다.

"또 당포에서 일어난 것이냐?"

"예. 이번에도 사람이 죽었습니다."

"같은 증세로?"

"그렇습니다. 피 눈물을 흘리고 피를 토하며 죽었다고 합니다."

김 대사와 이 비장의 얼굴이 납빛이 되어 어두워졌다.

"연쇄 괴죽음이군!"

철불가가 냅다 끼어들었다.

"아니, 네놈이 어떻게?"

김 대사가 제 얼굴처럼 눈을 동그랗게 뜨며 손짓으로 수레를 멈추었다. 대개 이 말이 나오면 모든 일은 철불가의 뜻대로 흘러가기 마련이었다.

"다 아는 수가 있지. 사포는 장인이 지근지근 밟아 놓았고, 당포는 연쇄 괴죽음이 벌어지고 있으니. 어째 김 대사가 다스리는 곳마다 백성들의 곡소리가 끊이질 않는단 말이야. 내 김 대사가 걱정이 돼서 하는 말일세."

"네가 감히 대사를 걱정한다고? 지나가던 개가 웃겠다!"

이 비장이 코웃음을 쳤다.

철불가는 수레에 대롱대롱 매달린 채 태연하게 말했다.

"나는 끽해야 팔다리 잘리고 머리 좀 떨어져 나가는 게 다인데, 우리 김 대사는 가족이 있잖은가. 이 일로 임금에게 찍히면 김 대사는 사포와 당포, 관할 지역을 다 잃고 죽을 텐데? 대사의 가족들은 노비가 되어 끌려가 온갖 수모를 당할 거란 말이지. 이러면 김 대사를 제치고 싶어 하는 벼슬아치들만 좋은 상황이 되는데 참 안타깝네. 쯧쯧."

철불가가 혀를 끌끌 찼다. 김 대사는 철불가가 자신의 걱정을 그대로 읊자 정말로 그 일이 일어난 것처럼 겁이 나고 심장이 뛰었다.

"네놈이 나의 적수 박 한찬도 안단 말이냐? 그래, 박 한찬은 항상 나한테 꼬투리를 잡아 끌어내리려고 혈안이 돼 있는 놈이지."

와, 이렇게 찍어도 맞는구나. 소소생은 감탄이 나왔다. 필시 박한찬이란 사람이 김 대사를 노리는지 어떤지는 철불가도 몰랐을 것이다. 그런데도 김 대사는 철불가가 하는 말에 술술 원수의 비밀을 불고 있었다.

철불가는 김 대사에게 새하얀 건치를 보이며 씩 웃었다.

"그 괴죽음, 나 철불가가 해결해 주지! 날 당포에 보내 주게!"

김 대사가 철불가에게 물었다.

"정말 네가 괴죽음을 해결할 수 있단 게냐?"

"그럼! 게다가 우리 두령 소소생은 이미 연쇄 괴죽음을 해결한 적이 있거든."

"제가요?"

"뭐라?"

소소생과 김 대사가 동시에 물었다.

철불가의 말에 김 대사의 꼬막처럼 작은 눈이 반짝였다.

"소소생, 우리 두령께서 나한테 이야기해 줬잖아. 기억 안 나?"

"언제요?"

"소소생이 어릴 때 살았던 마을에서도 괴죽음이 돌았다고 말이야. 골수, 뇌, 신장이 파먹혀서 구멍이 뚫린 시신들이 발견됐다고, 그렇지?"

철불가는 수레에 묶인 채 소소생에게 빨리 맞장구를 치라고 강렬한 눈빛을 보냈다. 소소생은 의아했으나 급한 대로 철불가의 장단에 맞춰 주었다.

"그, 렇죠."

철불가는 소소생이 바다에서 노채충을 보고 해 준 이야기를 그럴싸하게 늘어놓았다.

"그 죽음의 비밀을 소소생이 알아내서 마을 사람들을 살렸다고 했다네. 그때부터 우리 두령은 해적 두령으로서 재능이 다분했던 거야. 그렇지, 소소생?"

"그랬나 보네요."

소소생이 말했다.

"대체 어떻게 살렸단 말이냐?"

김 대사가 물었다.

"저야 모르죠."

소소생이 맹하게 답했다.

김 대사가 다그쳤다.

"네가 왜 몰라? 네가 살렸다며?"

"어허, 그걸 말하면 우릴 안 보내 줄 것 아닌가? 당포로 우릴 보내 주게. 그 괴죽음을 순식간에 해결할 터이니."

철불가가 잽싸게 말했다.

"그 말을 어찌 믿고 보낸단 말이냐? 아까 네 입으로 말하지 않았느냐? 해적과는 약속하는 게 아니라고."

"우린 그냥 해적이 아니라 덕담계 해적이니까 믿어도 돼. 그리고 우리 말이 가짜면, 우리도 괴죽음을 당할 것 아닌가? 김 대사가 밑지는 장사는 아닐 텐데."

맞는 말이었다. 그래서 더 철불가를 믿을 수 없었다. 저놈이 맞는 말을 할 때면 늘 일이 꼬였다. 이 비장을 보면 알았다.

"더 들을 것 없다. 처형을 다시 시작하라!"

김 대사의 명에 소소생과 철불가를 매단 수레가 움직였다.

"아아악!"

아직 세게 당기지도 않았는데, 소소생은 목과 팔다리가 떨어져 나갈까 봐 두려워 소리를 질렀다.

투두둑. 철불가의 소매와 바짓가랑이가 찢어지기 시작했다. 철불가는 팔이 떨어질 것처럼 아파 오자 소리를 질렀다.

"김 대사! 김 대사! 어이!"

김 대사는 어찌해야 하나 고민하며 쥐 꼬리처럼 얇은 수염을 만지작댔다.

이 비장은 잠자코 상황이 굴러가는 것을 지켜보았다. 철불가가 꼴 보기 싫었지만 그가 달아나 당포에서 일을 망친다면 김 대사는 위기에 몰릴 터. 이 비장에겐 더 없이 좋은 일이었다. 척을 진 상사의 불행은 부하의 기쁨 아니던가.

게다가 이 비장은 소소생이 철불가에게 금목걸이를 사기당했다고 찾아왔던 것을 똑똑히 기억하고 있었다. 소소생은 해적이 아니라 진짜 덕담꾼이었다. 하지만 이 사실을 김 대사에겐 말하지 않았다. 철불가 때문인지 몰라도 소소생이 끼는 일이면 어김없이 상황이 악화되었다. 소소생 때문에 김 대사가 일을 그르쳐 목이 달아난다면 이 비장에게 승진의 기회가 올지도 몰랐다. 이 비장은 어떤 상황에서도 승진을 꿈꾸는 꽤 낙관적인 인간이었다.

"김 대사! 어서 결단을 내리게! 김 대사?"

히히힝. 수레를 끄는 말들도 철불가의 목소리가 듣기 싫었는지 더욱 힘을 내었다. 수레에 달린 밧줄이 철불가와 소소생의 목을 조였다.

"김 대사아……! 꽤액!"

철불가는 이제 말도 할 수 없었다. 현란한 혀 놀림은커녕 숨도 쉬지 못해 얼굴이 붉으락푸르락했다. 소소생도 수레에 매달린 사지가 금방이라도 뜯겨 나갈 듯이 아팠다.

"으아아아악!"

비명을 지르는 소소생의 머리에 주마등처럼 고래눈과의 만남이 스쳐 갔다. 고래눈이 준 풍탁을 돌려주지도 못하고 이렇게 죽는구나. 눈앞이 아득해지며 숨이 넘어가려던 찰나.

김 대사가 외쳤다.

"처형을 중단하라!"

병사들이 수레를 끌던 말의 힘을 빼자 허공에 팽팽하게 떠 있던 철불가와 소소생의 몸이 툭 떨어졌다.

"으아! 헉헉."

병사들이 철불가와 소소생의 포박을 풀어 주자, 밧줄에서 풀려난 소소생은 숨을 가쁘게 쉬며 팔다리를 주물거렸다. 정말로 어깨가 빠진 것처럼 아팠다.

"잘 생각했소, 김 대사!"

철불가는 밧줄 자국이 새빨갛게 난 목을 어루만지며 말했다. 조금만 늦었다면 큰일 날 뻔했다고 생각하며 철불가는 소소생의 어깨에 팔을 둘렀다.

"가자, 소소생!"

철불가는 소소생을 데리고 관청을 나가려 했다.

"잠깐. 소소생은 여기 둔다."

그러자 병사들이 창으로 소소생의 앞을 막았다.

"예? 저는 왜요?"

소소생이 질겁하며 물었다.

"본디 해적들은 거짓말을 밥 먹듯이 하니 네놈들을 다 보내면 날 속이고 도망칠 거 아니냐? 게다가 네놈은 해적 두령이니 널 인질로 잡아 두면 철불가가 더 안달이 나서 연쇄 괴죽음을 해결하려 하겠지."

김 대사가 말하자 철불가가 고개를 절레절레 저었다.

"거 말이 심하시네. 해적들도 굶는 날 많아요. 나랏일 하시는 벼슬아치나 귀족들만 매일 밥 먹지, 우린 밥을 못 먹어서 밥 먹듯이 거짓말이 안 된다니까. 어쨌든 우리 두령이신 소소생을 잡아 둔다면 나야 절대 배반할 수가 없긴 하지. 두령, 사지로 떠나는 날 너무 애달파하지 마시오. 꼭 구하러 오겠소."

철불가는 소소생을 한 번 끌어안고는 관청을 나서려고 했다. 얼굴은 근심 가득한 듯했으나 발걸음에서 후련함이 묻어났다. 김 대사는 눈을 가늘게 뜨고 철불가를 보다가 소리쳤다.

"잠깐!"

"?"

철불가는 가다 말고 걸음을 멈췄다.

"반대로 한다!"

"엥?"

"철불가를 잡아 두고 소소생을 풀어 주어라."

병사들은 잡고 있던 소소생을 놓아주고 철불가를 붙잡았다.

"아니, 왜?"

철불가가 짜증을 내며 김 대사를 돌아봤다.

"네놈은 두령도 배신하고 도망칠 놈이니까. 소소생에게 임무를 주마. 네 부하 철불가를 살리고 싶으면 당포로 가서 연쇄 괴죽음의 원인을 밝혀라. 기한은 딱 사흘이다. 그 안에 해결하지 못하면 철불가는 죽는다."

병사들이 철불가를 양쪽에서 잡아 다시 쇠사슬과 밧줄로 포박했다. 철불가는 한숨을 쉬더니 소소생에게 말했다.

"이렇게 된 거 너만 믿는다. 당포에 가면 산해파리를 찾거라."

"산해파리라면, 전설의 해적이요? 바다전갈의 스승인 독사마귀의 스승인 불까나리. 그 불까나리에 유일하게 대적했다는 샛별 산해파리? 산해파리는 일찍이 은퇴해서 종적을 감췄다던데요?"

"넌 그런 걸 어찌 다 아느냐?"

"덕담은 맨땅에 비벼서 만드는 줄 아십니까?"

소소생은 덕담을 위해 해적들의 계보를 꿰고 있었다. 산해파리는 아주 잔혹하다는 사실만 알려졌을 뿐 안개에 싸인 인물이었다.

소소생은 턱을 들고 자랑스레 말했다.

"이 정도는 알아야 덕담꾼으로 밥벌이를 하고 살죠."

"넌 밥벌이도 못했잖아. 너처럼 뭐 하나 꽂히면 미친 듯이 파는 놈들이 실속이 없거든."

"살기 싫으십니까?"

소소생이 이를 악물고 말했다.

철불가는 느물느물 그 잘생긴 미소를 지으며 말했다.

"뭘 또 그런 걸로 토라지고 그러느냐? 아무튼 이 일을 도울 수 있는 건, 그 산해파리뿐이다. 네가 아는 대로 산해파리는 아주 잔인한 놈이야. 소문에 흑갑신병이라는 부하를 거느리고 있다더구나. 그런 놈이 순순히 부탁을 들어줄 리 없다. 그러니 산해파리를 만나면 이 노래, '수담가'를 불러라."

철불가는 갑자기 목을 "아, 아." 가다듬더니 노래를 불렀다. 이 상황에 노래를 부른다고? 모두 아연실색하여 철불가를 보았으나 그는 아랑곳 않고 노래를 끝까지 불렀다.

우리가 손으로 나누던 대화는 오동나무에 새겨 있고

당신의 얼굴은 나의 마음에 오롯이 새겨 있네.

우러러보던 얼굴 이제 볼 수 없으니

그대가 쥐던 조약돌 보며 그리움을 좇노라.

가사에서 그리움과 슬픔이 묻어났다. 구슬픈 곡조에 소소생은 저도 모르게 눈물을 흘릴 뻔했다. 노래가 어찌나 아름다운지 꼴 보기 싫던 철불가가 사랑스러워 보일 정도였다.

"누가 지은 노래입니까?"

소소생이 물었다. 속세에 찌든 철불가가 지을 리 없는 아름다운 가사였다.

"아주, 아름다운 사람."

잠깐 철불가의 얼굴에 그리움이 스쳤다. 소소생은 이 노래를 누가 지었을까 어떤 사연으로 이런 구슬프고 아름다운 노래를 불렀을까 궁금했다.

철불가는 모든 것을 내려놓은 듯이 말했다.

"소소생, 이 일은 무척 위험한 일이 될 거다. 너 혼자선 힘들 거야. 그러니 안 될 것 같으면, 난 포기하고 혼자 도망쳐. 원래 해적끼린 이 정도는 어쩔 수 없는 일로 이해해 준단다. 실은 방금 네가 인질로 잡혔을 때 나 혼자 달아날 생각이었어. 내가 말했지? 인생에서 가장 중요한 말은?"

"낄끼빠빠. 도망쳐."

"그렇지! 기회가 되면 도망치거라."

철불가는 받아쓰기를 잘해 온 아들을 보는 것처럼 흐뭇하게 웃었다. 철불가의 얼굴은 무척 진지했다. 그래서 더 잘생겨 보였다. 이런 얼굴로 말하면 진심인지 아닌지 더욱 헷갈렸다. 소소생이라도 살기를 바라는 마음으로 이렇게 말하는 것일까?

하지만 소소생이 겪은 인간 철불가는 이런 말을 하는 순간 바로 뒤통수를 치는 작자였다.

그래도

만에 하나,

정말로 소소생을 걱정해서 그런 것이라면.

소소생은 철불가를 버릴 수 없었다. 아까 들은 노래 때문에 감수성이 폭발해 내린 결정일지도 몰랐다.

"아시잖아요, 전 반복 학습이 안 되는 놈이라는 거. 반드시 구하러 오겠습니다!"

소소생은 눈물을 그렁거리며 포박된 철불가를 끌어안았다.

미친놈들인가. 병사들은 헛웃음이 나왔다. 대화만 들으면 적국의 포로가 된 왕자와 구하러 오겠다 약속하는 공주였다.

"어차피 풀어 주는 것은 내일이니 둘 다 감옥으로 끌고 가라! 내 눈에서 빨리 치워 버리고 싶구나!"

김 대사가 못 볼 것을 봤다는 듯 눈을 질끈 감고 말했다. 할 수만 있다면 이 장면을 안 본 눈을 사고 싶었다.

"빨리빨리 따라와!"

병사들도 같은 마음으로 재빨리 철불가와 소소생을 끌고 갔다.

"철불가! 꼭 구하러 오겠습니다!"

"기다리마! 소소생!"

그러나 이미 상황에 취해 버린 철불가와 소소생은 서로를 애타게 부르며 나란히 끌려갔다.

3

동트기 전 새벽녘이었으나 시장은 벌써부터 분주했다. 빛이 흐리고, 해무로 사물이 뚜렷하지 않은 중에도 장인의 흔적은 선명했다. 백성들은 하루라도 빨리 황폐해진 시장을 복구해야 했다.

하지만 김 대사가 백성들을 차출해 자기 집의 담벼락을 보수하느라 시장을 복구하는 속도는 매우 더뎠다. 게다가 무너진 관청을 고친다는 명목으로 조세를 올리겠다고까지 하자 백성들의 분노는 하늘을 찌를 듯했다. 어디든 울분을 풀 곳이 필요했던 백성들은 이 비장과 병사들이 오자 그 주변으로 몰려들었다.

"비켜라!"

이 비장이 근엄한 목소리로 외쳤다.

바글바글 엉켜 있던 행인들이 양쪽으로 갈라서자 이 비장과 병사들이 그 사이를 지나갔다. 병사들이 철불가와 소소생을 끌고 나오자 시장의 행인과 장사치들은 놀라서 입을 다물지 못했다.

철불가와 소소생은 손과 발이 모두 묶인 채 이 비장이 끄는 대로 어기적어기적 걸었다. 행렬의 가장 끝에 김 대사가 탄 마차가 따라왔다. 김 대사는 민생을 살피러 나온 것처럼 연기했다.

"극악무도한 장인의 공격으로 백성들이 이토록 힘든 삶을 살고 있구나."

김 대사는 고개를 가로저으며 쯧쯧 혀를 찼다. 이를 보는 이 비장이야말로 김 대사의 보여 주기 식 행차에 혀를 차고 싶었다.

돌연 김 대사가 목에 힘을 주어 외쳤다.

"이놈들은 악독한 해적이다. 놈들은 덕담꾼으로 위장해 괴물, 장인을 부려 사포를 공격했다. 이에 덕담계 해적 두령 소소생과 놈의 수하 철불가를 공개 처형한다!"

백성들은 김 대사의 말에 놀라서 입을 벌렸다. 철불가와 소소생을 쳐다보며 한마디씩 던졌다.

"믿는 도끼에 발등 찍힌다는 게 이런 걸 두고 하는 말이었어! 흐리멍덩하게 생긴 소소생이 해적이었을 줄이야!"

"사포가 낳은 명물이자 위인이라고 나대더니 소소생 저놈이 장인을 끌고 왔다고?"

"우리가 이렇게 힘든 게 저놈들 탓이란 거야? 이번엔 수군이 일을 잘하는군! 저런 놈들은 죽여야지! 죽여야 하고말고!"

순식간에 뒤바뀐 민심에 소소생은 원통하고 속상했다. 소소생은 돌팔매질이라도 당할까 두려워 고개를 숙이고 걸었다.

구경꾼들이 모이자 이 비장은 병사들을 시켜 거리를 두게 했다. 너무 가까이서 보면 가짜 처형식이라는 것을 들킬 우려가 있었다. 굳이 동트기 전 새벽에 처형식을 하는 것도 그 때문이었다.

　병사들은 구경꾼들이 더 가까워지기 전에 철불가와 소소생을 서둘러 배에 실었다. 이 비장과 김 대사도 배에 올랐다.

　이 비장은 항구에서 멀리 떨어진 바다에 배를 세웠다.

　"처형식을 거행한다!"

　이 비장이 외쳤다.

　병사들은 철불가와 소소생을 뱃머리에 세우고 다리를 걷어차 무릎을 꿇렸다.

　"거, 살살 좀 합시다. 어차피 가짜……."

　픽. 철불가가 투덜대자 병사 하나가 철불가의 뒤통수를 쳤다.

　"악!"

　"조용히 해!"

　철불가는 강제로 다시 고개를 조아렸다. 필시 이 병사는 나를 전부터 죽이고 싶었던 게 틀림없으리라. 철불가는 병사들이 내뿜는 강렬한 살의를 느꼈다.

　"놈들의 목을 쳐라!"

　김 대사가 외쳤다.

　이 비장은 철불가와 소소생의 뒤로 가 섰다. 스릉— 칼집에서 기다란 칼을 꺼내 철불가의 목을 겨눴다. 이 비장도 철불가의 목을 정말로 그어 버리고 싶은 충동에 사로잡혔다.

철불가는 칼날에 비친 이 비장의 살벌한 눈빛을 읽었다.

"헉! 이 비장, 이건 연기야! 잊지 말게!"

소소생도 겁에 질려 침을 꿀꺽 삼켰다. 이제는 칼만 봐도 배가 살살 아프고 숨이 가빠졌다.

"저기, 이 비장? 진짜 죽이면 안 된다?"

철불가가 다시 한 번 이 비장에게 실제 상황이 아니란 것을 일깨웠다. 이 비장은 철불가를 노려볼수록 더욱 살의가 고조되는 것을 느끼고 칼자루를 고쳐 잡았다. 이 비장의 칼날이 순식간에 철불가의 목 언저리를 그었다.

"잠깐, 이 비……."

곧 철불가의 목에서 돼지 피가 뿜어져 나왔다. 가까스로 인내심을 발휘한 이 비장이 철불가의 옷깃 아래 숨겨 둔 피 주머니를 베어 터뜨린 것이었다.

"꽥!"

철불가가 칼에 베인 것처럼 소리를 지르며 꼴까닥 쓰러지는 연기를 했다. 실감나게 죽을 것이지 저따위로 연기하다니 정말 꼴불견이었다. 역시 진짜 죽여 버릴 걸 그랬나. 이 비장은 후회했다.

"허억!"

멀리 있던 구경꾼들은 숨 쉬는 것도 잊은 채 지켜봤다. 어떤 이들은 고개를 푹 숙이고 제대로 보지도 못해서 명연기를 펼칠 필요까지도 없었다.

이 비장은 소소생도 목을 그어 죽이는 척했다. 소소생은 칼날이

제 목을 향해 날아오는 것만 보고도 꼴까닥 졸도하고 말았다. 담이 작은 소소생은 죽을 고비를 넘길수록 대담해지기는커녕 두려움이 커졌다. 소소생은 칼날이 다 내려오기도 전에 풀썩 쓰러져 배 밖으로 떨어졌다.

이 비장은 서둘러 철불가를 뻥 걷어찼다. 풍덩 바다로 굴러 떨어진 소소생과 철불가는 시체처럼 한동안 가만히 있었다. 두 사람의 몸이 천천히 가라앉았다.

"보아라! 이제 덕담계 해적은 사라졌다. 해적과 거래하거나 내통하는 자는 모두 똑같이 처형할 터이니 그리 알아라!"

김 대사는 쥐 꼬리 같은 수염을 쓰다듬으며 백성들에게 호통을 쳤다. 구경꾼들은 바들바들 떨며 삽시간에 흩어졌다.

바다로 가라앉은 철불가는 손발에 매인 줄을 이로 뜯어 가며 서둘러 풀었다. 의식을 잃은 소소생의 몸이 빠르게 가라앉고 있었다. 철불가는 소소생을 향해 개헤엄을 치기 시작했다.

물론 그냥 내뺄까 생각도 했으나 어제 했던 진한 포옹의 여운이 남아서인지 소소생을 두고는 갈 수 없었다. 혼자 달아나더라도 소소생을 살리고 나서 해도 늦지 않았다. 철불가는 소소생의 밧줄도 재빨리 푼 뒤 소소생을 끌고 포구 반대쪽으로 헤엄쳐 갔다.

이 비장은 포구 뒤로 돌아오라고 했으나 그런 말을 지킬 철불가가 아니었다. 역시 철불가는 기회만 되면 도망쳐야 한다는 낄끼빠빠 인생철학을 실천하는 데는 거칠 것이 없었다. 그 순간 바닷속 철불가의 앞으로 화살이 내리꽂혔다.

병사들이 망루에서 쏜 화살이었다. 철불가를 이미 완벽히 파악하고 있는 이 비장이 배치해 둔 병사들이었다. 병사들은 화풀이라도 하듯 화살을 마구 쏘아 댔다.

철불가는 바다 위에서 쏟아지는 화살 때문에 방향을 틀어 하는 수 없이 포구 뒤로 헤엄쳐 갔다.

철불가가 소소생을 데려오자 대기하고 있던 병사들이 두 사람을 끌어냈다. 어느새 이 비장과 김 대사도 도착해 있었다.

"일어나라, 소소생!"

철불가는 정신을 잃은 소소생의 뺨을 톡톡 쳤다. 그러자 소소생이 눈을 뜨고 두리번거렸다.

"어라? 처형식이 벌써 끝났습니까?"

"그래. 이제 넌 죽은 몸이니 절대 정체를 들켜선 안 된다. 육지는 보는 눈이 많으니 바닷길로 가거라."

이 비장은 소소생에게 더러운 모포 하나를 던졌다.

"그럼 뱃삯은……?"

소소생이 묻자 이 비장이 칼집을 잡았다.

"알아서 하겠습니다."

소소생은 겁을 집어먹고 제가 한 물음에 제가 답했다.

"철불가는 아무도 찾지 못할 곳에 가둘 것이니 살리고 싶거든 당포로 가서 반드시 연쇄 괴죽음을 풀 단서를 찾아 와라. 사흘 안에 밝히지 못하면 철불가는 죽은 목숨이다."

김 대사가 말했다.

이 비장과 김 대사는 철불가를 끌고 자리를 떴다.

"소소생, 방금 널 살린 게 나란 걸 잊지 말거라! 너만 믿는다! 반드시 산해파리를 찾아가거라!"

철불가가 끌려가면서 외쳤다.

당포는 어디며 어찌 찾아가란 말인지, 소소생은 한숨부터 나왔다.

아니, 이럴 때가 아니지. 사흘 안에 돌아오려면 시간이 촉박했다. 장인국도 다녀왔는데 어딘들 못 갈쏘냐.

생각을 고쳐먹은 소소생은 모포로 얼굴을 가리고 포구로 갔다.

"소소생이 죽었다고?"

고래눈이 충격에 빠져 창백해진 얼굴로 물었다. 범이는 죄지은 얼굴로 고개를 끄덕였다. 자신이 고래눈을 데리고 탈출하는 바람에 소소생이 죽은 것 같았다. 하지만 그 선택을 후회하진 않았다. 고래눈을 지키는 것이 범이가 해야 할 일이었다.

고래눈은 범이를 탓할 마음이 없었다. 범이의 어깨를 다치게 하고 죄 없는 덕담꾼 소년을 죽게 만든 자신의 무능을 탓했다.

"죄송합니다……."

"아니다."

"그 아이가 떠올라서… 입니까?"

고래눈이 범이의 눈을 응시했다.

"소소생의 죽음을 이리 슬퍼하시는 이유 말입니다."

"……."

고래눈은 답하지 않았으나 범이에겐 그것이 대답이 되었다. 범이
가 물러가고 고래눈은 먹먹한 얼굴로 바다를 바라보았다.

"곧 배가 뜰 터이니 서두르게!"

짐꾼들이 짐을 나르며 소리쳤다. 당포로 가는 마지막 상선이 곧
출발할 예정이었다.

당포는 주변 국가와의 교류가 많아 서라벌과 외부를 연결하는
중요한 통로였다. 사포가 교역의 양을 담당했다면, 당포는 교역의
질을 담당했다. 매우 값지고 희귀한 물자가 주로 거래되었으며 오
가는 사람도 거부나 권세가, 주변국의 사신이 태반이었다.

소소생은 모포로 얼굴을 가린 채 기웃거렸다. 배에 빨리 올라야
했다. 배에 오르는 나무판자 앞에서 험상궂은 남자가 뱃삯을 받고
있었다. 남자는 사나운 눈을 부라리며 몰래 배를 타는 사람이 없
는지 지켜봤다.

"어떡한담?"

막막하던 차에 소소생 앞에 짐꾼 두 명이 커다란 상자를 내려놓
고 지나갔다. 짐꾼들이 잠시 자리를 비운 사이 소소생은 얼른 상자
로 들어갔다. 상자에는 부들부들한 비단이 잔뜩 들어 있었다. 곧
상자가 들리는 것이 느껴졌다. 한동안 상자가 기울어지며 흔들리

다가 어딘가에 놓인 듯 흔들림이 멈췄다.

'배에 탄 건가?'

소소생은 바깥 상황이 궁금했지만 상자를 열지 않았다. 섣부른 호기심에 상자 밖을 내다봤다가 들키면 바다에 내던져질 게 분명했다. 잠시 후 상선이 출발하는 소리가 들렸다. 소소생은 긴장한 채 바깥의 소리에 귀를 집중했다. 하지만 그것도 잠시. 부드러운 비단과 요람처럼 흔들리는 배 위에서 그만 깜박 잠이 들고 말았다. 얼마나 흘렀을까. 소소생은 부산한 소리에 화들짝 놀라 눈을 떴다.

"해적이다!"

"곡물을 숨겨! 빼앗기면 안 돼!"

"악!"

"살려 주십시오, 제발!"

우당탕. 시끄러운 발소리가 들렸다. 쫓기고 쫓는 소리였다.

"시끄럽다! 배에 탄 사람은 너희가 전부냐?"

"그렇습니다……."

무슨 일이 생긴 걸까. 소소생이 죽은 듯 숨어 있어야겠다고 생각한 순간, 끼익 상자 뚜껑이 열렸다. 어둠 속에 한 줄기 빛이 들어오며 저승사자 같은 얼굴이 보였다. 아니 저승사자였다.

"헉! 흑삼치?"

"네놈이 어째서?"

흑삼치와 해적들이 하필이면 소소생이 숨어든 상선을 턴 것이다.

"네놈은 처형당했다고 들었는데? 왜 여기 있는 게냐?"

흑삼치가 물었다.

"그게…… 김 대사의 명으로 당포에 가게 되었습니다."

"철불가는?"

"김 대사와 이 비장이 데리고 있습니다."

"이 인간이! 기껏 갖다 바쳤더니 살려 둬? 내가 얼마나 철불가를 죽이고 싶었는데! 이래서 진짜 관직에 있는 것들이랑은 거래하는 게 아닌데!"

흑삼치는 소소생의 뒷덜미를 잡아 상자 밖으로 던졌다. 이내 평정을 찾은 흑삼치는 철살도를 꺼내 소소생에게 겨눴다.

"네놈을 여기서라도 죽일 수 있어 다행이구나."

흑삼치는 소소생이 철불가라도 되는 것처럼 눈을 부라리며 다가왔다.

"커헉!"

그때 뒤에 서 있던 부하 돌주먹이 피를 토하며 쓰러졌다. 돌주먹의 눈에서 실핏줄이 터지더니 피 눈물이 흘러나왔다.

기침 소리에 흑삼치는 쓰러진 돌주먹에게 달려갔다. 흑삼치가 돌주먹의 목에 손가락을 대었다. 다행히 맥이 붙어 있었으나 매우 미약했다.

지켜보던 부하들이 수군거렸다.

"돌주먹 형님이 쓰러지다니."

"벌써 우리 배에서만 세 번째야. 어째서 이런 일이!"

흑삼치의 낯빛이 어두워졌다.

쓰러진 부하는 키와 덩치가 크고 몸도 아주 단단했다. 흑삼치의 명을 거역한 자는 돌주먹으로 응징한다 해서 그의 이름도 돌주먹이었다. 무엇보다 그는 입이 무겁고 약속은 반드시 지켜서 흑삼치가 오른팔처럼 여기는 부하였다.

"흑삼치 님, 역시 마녀묘에 가서 그런 게 아닐까요? 장 낭자가 저주를 내려서 이렇게……."

부하 한 놈이 조심스레 말했다. 벌써 흑삼치의 해적선에서 여러 명이 같은 증상으로 쓰러졌다. 아무리 봐도 장 낭자의 저주라고밖에 생각할 수 없었다.

철불가는 살아 있고 아끼는 부하는 목숨이 위태롭다. 흑삼치는 누구라도 잡아 죽이고 싶은 욕구에 휩싸였다. 어디에든 분풀이를 해야 직성이 풀릴 것 같았다.

"호, 혹시 그분이 당포에 가신 적이 있습니까?"

소소생이 매우 소심하게 말을 꺼냈다.

흑삼치는 소소생을 노려봤다. 흑삼치는 저벅저벅 걸어가 소소생의 얼굴에 철살도를 휘둘렀다.

소소생의 뺨에 한 줄기 상처가 생기며 피가 흘러내렸다. 소소생은 칼날이 어찌 움직였는지 눈에 보이지도 않았는데 뺨에 피가 흐르자 끽 소리도 못 내고 벌벌 떨기만 했다.

"그건 어찌 알았지? 또 수작질을 한다면, 네놈의 뼈에서 살점이 하나도 남지 않게 할 것이다. 그러니 똑바로 말해!"

실제로 돌주먹과 쓰러진 부하 두 놈 모두 약탈한 물건을 팔러 당포에 간 적이 있었다. 어수룩한 척하면서 해적들의 보물 처분 방법까지 꿰고 있다니. 역시 철불가를 부리는 덕담계 두령다웠다.

소소생을 노려보는 흑삼치의 눈이 살기로 번들거렸다. 눈빛만으로 사람을 죽일 수 있다면 흑삼치의 눈빛을 두고 말하는 것일 터였다. 소소생은 몸이 와들와들 떨렸다.

"다, 다, 당포에 똑같은 증상으로 죽어 가는 자들이 있다고 했습니다. 김 대사와 이 비장이 하는 대화를 듣고… 처, 철불가가 연쇄 괴죽음을 해결할 수 있는 자가 당포에 있다고 말했고, 그래서 제가 대신 가게 되어서……."

소소생은 너무 무서워서 자신이 무슨 말을 하는지도 몰랐다.

"……."

그림자가 진 흑삼치의 눈에서 살벌한 안광이 번득였다. 흑삼치는 소소생에게 겨눴던 철살도를 거뒀다.

"안내해라."

"예?"

"당포에 있다는 그자에게 안내해. 만약 네 말이 거짓이라면, 철불가는 당연히 죽고 네놈이 따르는 고래눈과 범이, 그 부하들도 모조리 죽는다. 그리고 넌, 언제든 죽을 거다. 날이 좋아도 죽고, 내가 기분이 나빠도 죽고, 그냥 죽을 거다. 그러니 허튼 짓 말고 그자에게 안내해라."

4

"여기가 당포다."

흑삼치가 소소생의 멱살을 잡고 부둣가에 소소생을 패대기쳤다.

"으악!"

소소생은 바닥을 뒹굴다 힘겹게 일어났다.

소소생이 기구한 운명을 탓하는 사이 상선은 당포에 도달해 있었다. 흑삼치는 소소생을 따라 배에서 내리며 부하들은 바다로 돌려보냈다. 이 께름칙한 곳에서 더 이상 부하를 잃을 순 없으니.

내가 인질일까, 철불가가 인질일까. 분명 김 대사의 인질로 잡힌 철불가를 구하러 가는 길이었는데, 이젠 자신이 흑삼치의 인질이 되어 당포에 가다니. 이런 생각들에 빠져 있던 소소생은 당포를 보고 두 눈을 의심했다.

본디 당포는 대숲이 아름답고 물자가 풍부하여 사포만큼 북적인다 들었다. 한데 눈앞에 펼쳐진 것은 지옥도였다. 이상한 글귀가 적힌 종이들이 벽을 빼곡히 채우고 바람에 나부꼈다. 가게와 초가집 문마다 회백색 점토로 찍은 듯한 손바닥 자국이 있었으며, 시뻘건 피로 알 수 없는 동물인지 괴물인지를 그려 놓은 벽화도 있었다. 벽화는 오래전에 그린 것인지 이미 갈색으로 변했는데 피 냄새를 맡고 온 날벌레들이 왱왱 날아다니고 있었다.

"여기가 정말 당포가 맞습니까?"

소소생은 간신히 입을 떼어 물었다.

흑삼치 역시 당황하긴 마찬가지였다. 당포에 가끔 드나들었을 때나 쓰러진 부하들에게 소식을 들었을 때도 이 정도는 아니었다. 한데 지금은 행인은커녕 그림자 하나 보이지 않았다. 왜인이나 주변국의 사신들이 모두 자취를 감추어 폐허 같았다.

"아버지! 아버지!"

남자아이의 곡소리가 들려 왔다. 소리가 나는 곳을 보니 저쪽에서 수레를 옮기는 행렬이었다. 수레에는 대나무로 짠 멍석으로 덮인 시신이 실려 있었다. 어른 두 명이 수레를 끌고 열 살쯤 돼 보이는 아이와 아이의 어머니로 보이는 여인이 수레를 뒤따랐다.

"마을 밖으로 옮겨서 불로 태우게."

옷차림을 보아 의원인 듯한 자가 여인에게 말했다.

"아이 아버지를 묻지도 못하고 태우란 말씀이십니까?"

여인이 울음 섞인 목소리로 따졌다.

"어쩔 수 없지 않은가. 수군이 알면 아이도 끌고 나가 태우라고

할지도 모른다. 저 아이도 그곳에 다녀오지 않았느냐."

의원이 말했다.

여인 옆에 섰던 남자아이의 얼굴이 공포로 새하얗게 질렸다. 남자아이가 다시 눈물을 흘리자 의원이 혀를 끌끌 찼다.

"사내자식이 눈물이나 흘리고. 뚝 그치거라. 이젠 네가 이 집의 가장이거늘 한심하게 울고만 있을 게냐?"

의원은 혀를 끌끌 차며 자리를 떴다.

소소생은 아이가 안쓰러웠다. 멍하니 보고 있는 사이 남자아이와 수레 행렬이 멀어졌다. 흑삼치는 의원을 따라 골목으로 갔다. 그리고 바삐 걷는 의원의 뒷덜미를 잡아 달랑 들어 올렸다. 옷이 당겨지며 목이 졸리자 의원이 캑캑거렸다.

"가, 감히 어떤 놈이냐?"

"누구긴, 저승사자다."

"히익! 흐, 흑삼치… 님?"

의원은 저승사자라는 말에 흑삼치를 알아보았다. 동해와 맞닿은 지역에 사는 사람이라면 누구나 저승사자 흑삼치의 이름을 알고 있었다. 사람들에게 흑삼치는 이렇게 알려졌다. 피도 눈물도 없는 바다의 귀신, 한 번 걸리면 살아날 수 없는 저승사자, 동해를 쥐락펴락하는 해적 흑삼치. 특히 당포에서는 젖도 안 뗀 어린아이도 흑삼치의 이름만 들어도 울음을 멈춘다 하였다. 이러한 상황이니 의원은 앞뒤 가리지 않고 흑삼치 앞에 납작 엎드렸다.

"무, 무슨 일이십니까?"

"방금 저자는 왜 죽었느냐? 증상은?"

"저, 저도 모릅니다. 시신을 옮겨 온 이들이 말하길, 피 눈물을 흘리고 피를 토한 것 같다고 했습니다."

흑삼치는 의원의 말에 부하들이 쓰러지던 장면을 떠올렸다.

"죽음의 원인을 모른다? 의원이란 놈이? 돌팔이냐?"

흑삼치가 철살도로 의원을 베려고 하자 소소생이 말렸다.

"그만두세요! 왜 고작 화풀이로 사람을 죽이려 하십니까?"

흑삼치가 철살도를 휘둘렀다. 부욱. 소소생이 메고 있던 가방이 베어지며 복화술 인형의 헝겊까지 찢어졌다. 찢어진 헝겊 사이로 인형에 채워 넣은 수북한 콩알이 보였다.

소소생은 놀란 나머지 다리에 힘이 빠져 자리에 주저앉았다. 소소생 곁으로 헝겊 인형에서 나온 까만 콩알들이 굴러떨어졌다.

"또 나를 말리면 그땐 인형 대신 네 모가지가 날아갈 거다."

소소생은 냉큼 고개를 끄덕이며 콩알을 주워 담았다.

"운 좋은 줄 알아라."

흑삼치는 귀찮다는 듯 의원을 바닥에 던지고 돌아섰다.

"괜찮으십니까? 사정이 있어서 그러니 저희를 본 것은 비밀로 해 주십시오. 그리고 우는 아이를 너무 나무라지 마세요."

소소생이 넋이 나간 의원을 일으키며 말했다. 의원은 말없이 고개를 끄덕였다.

소소생은 어느새 저 멀리 걷고 있는 흑삼치를 따라갔다.

"그, 그래도 그렇지, 다짜고짜 붙잡고 죽이겠다고 하면 어떡하니까? 무서워서 더 입을 다물 것 아닙니까?"

소소생이 쭈뼛쭈뼛 눈치를 보며 말했다.

이놈은 겁먹은 척하면서 할 말은 다 하는 놈이구나. 흑삼치는 이글이글 타는 듯한 눈으로 소소생을 노려봤다. '한마디만 더 하면 죽여 버린다.'는 눈빛이 분명했다.

소소생은 얼른 손가락으로 입을 다물겠다는 시늉을 했다.

집이 모여 있는 마을 안쪽으로 가니, 오가는 사람들이 보였다.

"저기 말씀 좀……."

소소생이 다가가 말을 걸자, 사람들은 눈을 피하고 경계하며 문을 닫았다. 집집마다 문을 걸어 잠그는 소리까지 들리는 듯했다.

"우리가 반갑지 않은 것 같네요. 어딜 가서 물어봐야……?"

소소생 앞에 있던 흑삼치가 보이지 않았다. 획―바람 소리가 들리는 곳을 봤더니 흑삼치가 웬 기와집 담벼락을 넘고 있었다. 대궐처럼 커다란 집인 것을 보아 귀족이 사는 집 같았다. 집 대문에는 호랑이와 귀신 같은 것을 그린 그림들이 잔뜩 붙어 있었다. 피로 쓴 글자도 빼곡하게 적혀 있었다.

"그렇게 막 들어가면 어떡해요?"

소소생은 어쩔 줄 몰라 발을 동동 굴렀다. 흑삼치가 사람이라도 죽이면 큰일이다. 소소생은 낑낑대며 담벼락을 기어 넘어갔다.

흑삼치는 소리도 내지 않고 집 마당에 내려섰다. 뒤이어 소소생도 마당에 철퍼덕 내려섰다. 소리를 듣고 젊은 사내가 방에서 나왔다. 흑삼치는 남자에게 다짜고짜 철살도를 겨눴다.

"헉! 누, 누구십니까?"

"당포에 무슨 일이 생긴 거지? 대문에 저 그림은 무엇이냐? 대문에 써 놓은 글자는 무엇이고?"

"오, 온갖 나쁜 것들을 물리친다는 그림은 다 붙여 놓은 것입니다. 귀면문과 부적이지요. 글자는 불운을 물리치는 효험이 있다고 해서 써 두었습니다."

"귀면, 뭐? 귀가 없다는 뜻인가?"

"예? 아, 아뇨. 귀면鬼面은 귀신의 얼굴이라는 뜻입니다만……."

남자는 행여 흑삼치의 기분이 상할까 봐 걱정돼 말끝을 흐렸다.

"내가 물어본 건 귀면, 그걸 왜 붙여 두었냐는 거다!"

"사, 사람들이 까닭 없이 죽어 가니까요. 저도 곧 죽을 것 같아 그걸 막아 볼 요량으로 붙였습니다. 바다에 빠져 죽은 원혼, 취생이라는 안개 괴물, 마물이나 신령의 저주, 말들이 많습니다만 정확한 건 아무도 모릅니다. 어차피 당포에 있기만 해도 죽을 목숨이지만, 그래도 오늘은 살려 주십시오. 원하는 것은 다 드리겠습니다!"

"이번 한 번만이다."

"가, 감사합니다!"

흑삼치는 남자에게서 값비싼 패물을 빼앗아 기와집을 나왔다.

"여기는 해적질하러 오셨습니까?"

"해적이 해적질하지. 너도 당하고 싶어?"

흑삼치가 사납게 말하자, 소소생은 심장이 쪼그라드는 것 같았다. 흑삼치가 인상을 쓰고 노려보면 정말 저승사자처럼 무서웠다.

그때였다.

"아버지, 아버지……."

어디선가 남자아이가 흐느끼는 소리가 들렸다. 사람이 없어 작은 소리도 크게 들리다 보니 작은 흐느낌도 귀를 사로잡았다. 소소생은 소리를 따라 골목을 꺾어서 들어갔다. 아까 수레를 따라가던 남자아이가 혼자 처연히 울고 있었다.

"애, 괜찮니?"

소소생은 조심스럽게 다가갔다. 아이는 놀라서 벌떡 일어났다.

"아버지와 마지막 인사는 잘했니? …… 많이 슬프겠구나."

소소생의 따뜻한 말에 아이는 고개를 주억거리며 눈물을 뚝뚝 떨어트렸다. 아이는 우는 걸 보이기 싫은지 뒤를 돌았다.

"눈물이 왜 나는지 아니?"

소소생이 물었다.

"…모르겠습니다."

"눈에 눈이 들어가서래. 그래서 눈에 들어간 눈이 다 녹을 때까지 울 수밖에 없어. 그러니까 창피해하지 말고 울어도 된단다. 애써 그치려고 하지 마."

별거 아닌 덕담이었으나 아이는 마음 한편이 데워지는 것을 느꼈다. 그동안 꾹꾹 누르기만 했던 울음이 한 번에 터져 나왔다. 아이는 돌아선 채 작은 어깨를 떨며 울었다.

"흐흐흑, 아버지……. 흐흑."

소소생은 아이가 안쓰러워 어깨를 토닥토닥 두드려 주었다. 흑삼치가 언제까지 기다려야 하냐는 표정으로 눈을 크게 치켜뜨고 지루해 죽겠다는 듯 노골적으로 손가락을 까딱거렸다.

소소생은 눈치를 주는 흑삼치가 무서웠지만 아이가 다 울 때까지 꿋꿋이 기다렸다. 얼마 후 아이가 눈물을 그치고 돌아섰다. 눈이 퉁퉁 부었지만 얼굴은 한결 나아진 듯 보였다.

"빨리 여길 떠나세요. 여기 있으면 다 죽을 거예요."

"죽는다니, 왜? 물어봐도 아무도 안 알려 주던데."

"외지인이라서 경계하는 거예요. 그리고… 이젠 저도 경계하겠죠. 아버지와 같이 그곳에 다녀왔으니까요."

"그곳?"

아이는 주변에 사람이 있는지 둘러보더니 낮고 빠르게 말했다.

"대숲이요. 바람이 불고 대숲이 울면 놈이 나타나요. 아버지는 대나무가 피를 먹는댔어요. 지금은 검은색이 됐을 거예요…… 그 놈이 아버지를 쫓아와서…… 이제 가야 해요. 마을 사람들한테 이러고 있는 걸 들키면 저와 어머니는 쫓겨나요."

아이가 걸음을 뗐다.

"대숲? 피? 놈은 또 누군데?"

소소생은 아이가 하는 말을 하나도 알아들을 수 없었다. 아이는 소소생의 말에 답하지 않고 달려갔다. 골목이 꺾어질 즈음, 아이가 멈춰 섰다.

"제비를 따라가세요."

알쏭달쏭한 말을 남기고 아이는 골목으로 사라졌다.

"제비는 또 뭔 소리야? 쓸데없이 어렵게 말하는 건 딱 질색인데. 똑바로 말하고 가든가! 다시 잡아 와서 털어놓게 해야겠다."

흑삼치가 아이를 쫓아가려 하자 소소생이 서둘러 말렸다.

"그러지 마십시오! 저 아이로서는 최선을 다해 아는 걸 말해 주려 한 거라고요. 보세요. 협박하지 않으니 잘 풀리지 않습니까?"

"시끄러워. 사흘 안에 단서를 알아내야 한다면서 벌써 하루가 다 갔다."

흑삼치는 지붕 위로 훌쩍 올라갔다. 지붕과 지붕을 뛰어 올라가 가장 높은 곳에 서서 당포를 내려다보니, 푸르른 대숲이 보였다.

"아까 그 꼬마는 검은 대숲이라고 하지 않았나? 그런 건 안 보여. 분명 그 꼬맹이가 되는대로 지껄인 걸 거야."

흑삼치가 지붕에서 내려오며 말했다.

"그 아이 눈을 보셨잖아요. 거짓을 말했을 리 없어요. 뭔가 더 말하려고 했던 것도 같은데 뭘까요?"

"흠, 내가 궁금한 건 그게 아니야. 바로……"

흑삼치의 눈이 가늘어졌다. 흑삼치가 재빠르게 소매 끝에서 단도를 꺼내 나무 뒤로 날렸다.

"저놈이지."

단도가 순식간에 골목 담벼락 뒤에 숨어 있던 자를 스치고 지나갔다. 그의 복면이 반으로 잘리며 얼굴이 드러났다. 수염이 덥수룩한 사내였다. 사내가 손을 들어 얼굴을 가렸으나 이미 늦은 뒤였다.

"장보고는 개밥과 같고."

흑삼치가 운을 뗐다. 상대가 "장보고는 개밥과 같고"를 선창하면 응당 답가처럼 "그의 자식도 개같이 생겼다."라고 말하는 것이 해적들의 인사법이거늘.

흑삼치는 상대가 답하길 기다렸으나 사내는 잠잠했다.

"네놈은 해적이 아니군. 육지의 땅개놈이 감히 내 뒤를 밟아? 네놈이 항구에서부터 미행하는 것을 내가 모를 줄 알았더냐?"

"……!"

"제 기척을 들킨 줄도 모르다니 하수 중에 하수로군."

흑삼치가 사내에게 철살도를 부웅 휘두르자 그는 뒤구르기를 하여 재빨리 피했다. 사내는 망설임 없이 지붕을 뛰어넘어 사라졌다. 흑삼치는 놈이 달아나는 게 뻔히 보이는데도 내버려 두었다.

"왜 안 잡으세요? 하마터면 우리가 죽을 뻔했잖아요!"

소소생이 물었다.

"너 같은 놈이나 죽을 뻔했겠지."

흑삼치는 땅에 박힌 자신의 단도를 주워 소매에 넣었다. 사내의 복면에서 잘린 천 조각도 가까이 떨어져 있었다. 어두운 천에 은은한 광택이 나는 검은색 실로 동백꽃이 수놓아져 있었다.

"동백꽃이군. 동백을 문양으로 삼은 가문은 딱 한 곳이지. 동백섬이 있는 무지포가 거점인 자, 박 한찬의 가문."

흑삼치는 각 고위 관직 가문에 대해서도 빠삭하게 꿰고 있었다. 바다에서 마음 놓고 노략질을 하려면 누구에게 뇌물을 바쳐야 할지 결정하는 데에 도움을 주는 지식이었다.

"김 대사가 자기를 노린다고 말했던 그 귀족이 박 한찬이었습니다. 그래서 당포의 연이은 죽음을 빨리 알아내야 한다고 말입니다."

소소생이 놀라서 말했다.

"……괴죽음에 박 한찬이 엮여 있다는 건가."

흑삼치는 삭발하지 않은 쪽의 머리를 쓸어 넘기며 인상을 썼다.

5

"들어가거라."

병사들이 철불가에게 씌운 안대를 벗겼다.

"여긴 어딘가?"

철불가가 갑작스런 빛에 눈살을 찌푸렸다. 관청의 감옥이라면 익숙한 철불가도 처음 보는 감옥이었다. 철불가가 두리번거리며 뭉그적대자 병사들이 철불가를 감방으로 거칠게 밀어 넣었다.

김 대사가 말했다.

"우리 집이다. 아무도 찾지 못할 곳이니 얌전히 지내거라."

"김 대사, 내가 독점하고 싶을 만큼 매력적인 나쁜 남자라는 건 아는데, 이렇게 지하 감옥에 숨겨 놓고 혼자만 보는 건 너무하지 않아?"

철불가가 씩 웃었다. 대충 웃어도 잘생겨 보이자 김 대사는 짜증이 솟구쳤다.

"시끄럽다!"

"목소리가 웅웅 울리는 걸 보니 상당히 깊은 지하인 것 같군?"

철불가가 떠보듯이 물었다.

"그래, 잘 알면 탈출할 생각은 말거라. 며칠 전에 장인 공연에 초
대받은 귀족이 고맙다고 아주 비싼 고양이를 선물했다. 알록달록
한 무늬가 귀여워서 얼룩이라고 부르지. 탈출을 시도했다간 우리
얼룩이한테 물려 소소생 놈이 오는 걸 보지도 못하게 될 테니 조
심하거라. 핫하하하!"

김 대사는 이렇게 말하고 감옥을 나가 버렸다.

"흥. 가둔다고 마냥 갇혀 있을 철불가가 아니란 말이다."

철불가는 머리카락 속에 숨겨 놓고 다니는 작은 바늘을 꺼냈다.
짧고 가늘었으나 그에겐 충분했다. 철불가는 바늘을 자물쇠 구멍
에 밀어 넣었다. 딸깍 소리가 나며 자물쇠가 열렸다. 언제든 감옥
에 잡혀 올 준비가 되어 있는 철불가였다.

"후후, 위로 올라가면 탈출할 구멍이 나오겠지."

철불가는 감옥을 나와 복도를 걸어갔다. 길을 못 찾게 병사들이
안대를 씌웠으나 철불가는 이곳에 끌려오는 길을 걸음 수로 외워
두었다. 지금 갇힌 감옥에서 계단까지 서른 걸음, 위까지 올라가는
계단에서 스무 걸음이었다.

긴 복도를 서른 걸음 걸어가니 과연 계단이 나왔다. 철불가는 자
신의 기억력에 감탄하며 계단을 올라갔다. 스무 걸음 올라간 계단

끝에는 굳게 닫힌 문이 있었다. 이런 문을 지난 기억은 없는데? 문에 귀를 대 보니 바깥에서 사람 소리가 들렸다.

"이리 오시오."

"여보시오? 거기 누구 있소?"

"이리 오시오."

문밖의 목소리가 화답했다.

"뭐지? 어쨌든 사람 소리가 들리는 걸 보니 밖이 맞나 보구나!"

철불가는 이번에도 자신만만하게 잠긴 문을 따고 나갔다. 문을 닫고 돌아선 철불가는 코앞에 서 있는 괴물을 마주했다. 몸집이 집채만 한 괴물은 철불가가 들어온 것이 몹시 거슬리는지 크르르르 릉— 으르렁거렸다.

"컥!"

철불가는 숨을 참았다.

괴물은 호랑이처럼 생겼으나 몸집이 훨씬 크고 더 사나워 보였다. 이놈의 날카로운 송곳니에 물렸다간 단숨에 목이 뜯겨 날아갈 듯했고, 발톱은 두꺼워서 그 발톱에 찢겼다간 살가죽이 너덜너덜 해질 것 같았다. 털은 윤기가 자르르 흐르는 비단처럼 고왔는데 무늬가 무척 특이하여 얼룩덜룩한 삼색 고양이 무늬에 가까웠다.

"이리 오시오."

괴물이 사람처럼 말을 했다.

"이놈이 얼룩이로구나! 간교한 김 대사, 고양이라고 해서 방심했더니, 얼룩이가 괴물 반동이었어?"

반동은 호랑이처럼 생겼는데 사람 말을 흉내 내 사람을 꾀어내어 잡아먹는 영악한 괴물이었다.

　크르르르. 얼룩이가 성난 콧바람을 뿜을 때마다 철불가의 머리카락이 힘없이 날렸다. 호박 보석처럼 노란 눈동자에 박힌 기다란 동공이 철불가를 노려보았다. 까닥하면 바로 달려들 것 같았다.

　"들어올 때까지만 해도 이런 놈의 기척은 없었는데······."

　김 대사가 만일을 대비해 문밖에 반동을 데려다 놓았던 것이다.

　옛말에 호랑이 굴에 잡혀가도 정신만 차리면 살 수 있다고 했다. 철불가는 뭔가 살 방도가 있을 거라 생각하며 눈알을 이리저리 굴렸다. 바닥에 두꺼운 동아줄이 널려 있는 것이 보였다.

　'옳거니!'

　철불가는 손을 뻗어 동아줄을 잡고 살랑살랑 흔들었다. 그러자 얼룩이의 눈이 동아줄로 옮겨 가더니 흔들리는 동아줄을 따라 고개를 좌우로 움직였다.

　"네놈이 덩치가 커 봤자 고양이지! 고양이는 줄을 잡고 노는 걸 좋아하니 네놈도 똑같을 것 아니냐? 하하하!"

　그러나 금세 싫증 내는 것도 고양이와 똑같았다. 철불가가 흔드는 동아줄에서 흥미를 잃은 얼룩이는 다시 철불가를 보며 침을 뚝뚝 흘렸다. 철불가는 냉큼 몸을 돌려 문을 열고 달아났다.

　"이리 오시오! 이리 오시오!"

　얼룩이가 사람 말을 하며 철불가를 쫓아왔다.

　"어으, 소름 끼쳐! 사람 말을 하니 더 무섭잖아!"

철불가는 탈출한 경로 그대로, 반동이 있던 방을 나와 계단을 스무 걸음 달리고 복도를 서른 걸음 지나 처음 갇혀 있던 감옥으로 돌아왔다. 제 발로 감방에 갇힌 철불가는 냉큼 문을 걸어 잠갔다. 얼룩이는 감옥 문을 앞발로 박박 긁었다. 화가 많이 났는지 기다랗게 빼낸 발톱에서 쇠가 긁히는 날카로운 소리가 났다.

"하하하! 이럴 줄 알았다니까! 탈출했다간 얼룩이한테 물릴 거라고 말했잖느냐!"

철불가가 모르는 비밀 통로가 있는 것인지 김 대사는 어느새 돌아와 이 꼴을 보고 있었다. 뭐가 그리 좋은지 동산 같은 배를 위아래로 들썩이며 큰 소리로 웃었다. 웃을 때마다 화려한 장식이 달린 금귀걸이가 짤랑짤랑 흔들렸다.

철불가가 김 대사에게 가까이 와 보라고 손짓했다.

"왜?"

"내가 방금 알아낸 중요한 사실이 있거든. 그걸 알려 줘야 할 것 같아서. 그건……, 음. 에이, 아니다, 됐네."

"아, 뭔데? 말을 안 할 거면 처음부터 하질 말든가!"

김 대사는 짜증을 내며 철불가에게 귀를 갖다 댔다.

철불가는 김 대사에게 이렇게 속삭였다.

"얼룩이가 자넬 닮아 뒷다리가 짧던데? 덕분에 내가 살았다네."

"뭐야? 야! 다리 길게 태어난 게 뭔 벼슬인 줄 알아?"

김 대사가 버럭 고함을 쳤다. 다리 짧은 걸 감추려고 늘 통이 큰 바지를 입었거늘 치명적인 단점을 들킨 것 같아 김 대사는 얼굴을 붉혔다. 넘치는 외모로 태어난 놈이 늘 모자란 삶을 알아? 김 대사는 속으로 부르르 떨었다.

"다리 좀 짧을 수 있지, 뭘 그걸로 화를 내? 어? 김 대사!"

철불가는 김 대사 보란 듯이 긴 다리를 쭉쭉 뻗으며 놀렸다.

"너 오늘 거기 갇혀 있는 걸 감사히 생각해라! 아니면 내 손에 죽었을 테니. 여봐라, 이놈이 이 문을 다시는 열지 못할 튼튼한 자물쇠를 걸어 두어라! 흥!"

김 대사는 철불가를 쏘아보고는 돌아서 나갔다.

작정하고 단 자물쇠는 아주 복잡해 보였다. 정녕 이제 유일한 희망은 소소생뿐인가.

아뿔싸! 철불가는 그제야 매우 중요한 사실을 떠올렸다. 산해파리의 인상착의를 일러 주지 않았다는 것을.

"그래서 산해파리가 누군데? 어떻게 생겼는데?"

흑삼치가 소소생에게 물었다. 흑삼치는 괴죽음의 단서를 얻으려 했으나 아이가 남긴 수수께끼 같은 말 외에는 소득이 없어 초조했다. 산해파리라도 찾아 끌고 가야 했다.

"은퇴한 무시무시한 해적이라는 것밖에 듣지 못했습니다. 그리고, 흑갑신병이라는 부하를 부린다고 했어요."

"흑갑신병이라면……, 무슨 병인가?"

흑삼치가 귀를 만지작거리며 물었다.

"아뇨, 몸이 아픈 병이 아니라 병사들을 말하는 병일 겁니다. 흑黑 검은, 갑甲 갑옷을 입은, 신神 귀신 같은, 병兵 병사. 이런 뜻 아닐까요?"

소소생이 흑삼치의 심기를 거스르지 않으려고 조심스레 말했다.

"나도 알아! 너 떠보려고 한 거야. 네가 제대로 아는지 모르는지 확인하려고."

흑삼치의 귓가가 붉어졌다. 소소생은 매사 빈틈없는 흑삼치가 이런 일에 당황하자 조금 놀랐다.

"아무튼 검은 갑옷을 입은 군대라니. 어마어마한 장수들을 부하로 데리고 있는 놈인가 보군. 근처에 사병을 가진 자가 있는지 알아봐야겠다."

흑삼치는 민망한지 서둘러 앞장섰다.

하늘이 어둑해져서인지 마을에 더욱 인적이 드물었다. 안 그래도 경계가 삼엄한데 밤이면 아무도 나오지 않을 것이다. 빨리 산해파리를 찾아야 했다. 흑삼치는 덩치 큰 사람마다 붙들었다.

"네가 흑갑신병 중 하나냐? 산해파리는 어디 있느냐?"

"전 그냥 나무하는 사람입니다. 해파리인지 뭔지는 모릅니다."

"그럼 너냐, 산해파리가?"

"아, 아닌데요?"

"젠장할. 이놈도 저놈도 왜 다 아니래! 산해파리인지 파리새끼인지 어디 숨어 있단 말이냐! 군대를 다스리는 놈이면 눈에 안 띌 리가 없는데."

흑삼치는 죄 없는 담벼락을 걷어찼다. 어찌나 세게 찼는지 담벼락 한 곳이 무너질 정도였다.

소소생도 초조하긴 마찬가지였다. 김 대사와 약속한 사흘 중 하루가 이렇게 속절없이 지나 버렸다. 이대로 가다간 철불가를 구하기 전에 흑삼치 손에 먼저 죽을 것 같았다. 산해파리가 누군지 어떻게 생겼는지 아무런 말도 듣지 못했으니 막막했다.

"밤이 됐으니 묵을 곳부터 찾을까요?"

"묵을 곳? 하! 재밌는 말을 하는구나. 해적에겐 길바닥이 이불이고, 숲속이 안방이다! 바다는 우리 손바닥이고. 해적이 어디 등 따숩고 편한 데서 자려고 해?"

흑삼치가 괄괄하게 말했다.

"저는 등 배기는 거 싫단 말이에요."

"덕담계 해적은 다르다 이거지?"

"저 해적 아니라니까요?"

"……저기."

뒤에서 불쑥 누군가 말을 걸어왔다.

"누구냐?"

흑삼치는 반사적으로 철살도를 꺼내 겨눴다. 웬 여인이었다.

"사, 살려 주십시오!"

"지금 기분이 엄청 나쁘니까 용건을 말하든지 꺼지든지 해라."

"사, 산해파리라고 하신 말을 듣고 주제넘게 끼어들었습니다."

여인은 하얗게 질린 얼굴로 말했다. 여인의 말에 소소생과 흑삼치의 눈이 커졌다. 흑삼치가 다그쳤다.

"산해파리를 아느냐?"

"예. 그분은 대숲으로 둘러싸인 무인도에 살고 있습니다. 대나무가 많아 죽도로 불리는 곳이에요. 간혹 이곳에 와서 약초를 주고 가는데, 이름을 아는 이가 거의 없습니다."

여인은 작은 목소리로 말했다.

"너는 어찌 알았지?"

"저에게도 약초를 주셔서 제가 이름을 여쭤보았습니다."

"거짓이면 죽일 것이다."

흑삼치의 위협에도 자리를 지키던 여인이 간신히 말을 건넸다.

"혹……, 괜한 참견인지는 모르나 지내실 곳은 있으신지요."

"그래, 괜한 참견이다."

흑삼치가 눈을 부라렸다.

여인은 기어 들어가는 목소리로 간신히 뒷말을 이었다.

"괜찮으시다면, 저희 집에 남는 방이 있어서……."

"괜한 참견이 아니라 괜찮은 참견입니다! 재워 주신다면 저희야말로 감사하죠!"

소소생이 넙죽 여인의 말을 받아 답했다. 안 그래도 오늘 밤은 어디서 보내야 하나, 아무도 없는 데서 자다가 쥐도 새도 모르게 흑삼치에게 죽는 게 아닐까 걱정하던 차였다.

흑삼치는 마지못해 고개를 끄덕였다.

6

흑삼치와 소소생은 동이 트기 전에 깨어났다. 여인은 없는 살림에 밥까지 차려 주었다. 소소생은 감사 인사를 하고 집을 나섰다.

두 사람은 죽도로 갈 배를 찾아 항구로 향했다. 흑삼치는 긴 앞머리를 쓸어 넘기며 뿌듯한 표정으로 말했다.

"봐라, 내 방식이 더 빠르지? 너처럼 어설프게 정의로운 척했다간 아무것도 못 할걸."

"그래도 그러지 마세요. 마음씨 좋은 분을 만나 다행인 거죠."

"해적 앞에선 심보가 못된 놈도 마음씨가 좋아지는 법이야. 해적은 해적답게 빼앗고 괴롭히고 죽여야 한다. 덕담계 해적 두령이면서 해적이 아닌 척하는 꼴이 누구랑 비슷하다니까. 재수 없어!"

흑삼치는 고래눈을 떠올리며 한 말이었으나 소소생은 그 말뜻을 알지 못해 고개를 갸웃했다.

"그런데 이상하지 않아요? 어제 만난 아이는 대숲에 놈이 산다고 빨리 이곳을 떠나라고 했잖아요. 저 여인의 말과 너무 안 맞는데……. 외지인을 경계하는 마을에서 우릴 재워 준 것도."

"꼬마가 낸 수수께끼를 믿느냐? 저 여인의 말이 맞겠지. 이런 걸 사필구정이라고 한다. 모든 일은 반드시 풀린다는 뜻이지."

"죄송하지만, 사필귀정事必歸正이 아닐까요? 모든 일은 반드시 바르게 풀린다는 뜻으로, 이 상황과는 맞지 않는 것 같은데……. 구정물도 아니고, 사필구정은 좀."

소소생이 조심스레 자신의 생각을 고했다.

"나도 알아! 잔말 말고, 빨리 걸어!"

흑삼치는 괜시리 소소생의 정강이를 걷어찼다.

"아프다고요!"

투덜거리며 항구로 향하는 소소생과 흑삼치를 멀리서 지켜보는 사람이 있었다. 그들을 재워 준 여인이었다. 여인에게 한 사내가 다가왔다. 흑삼치에게 정체를 들켰던 박 한찬의 부하였다.

"약속한 대가다."

사내가 여인에게 금붙이가 들어 있는 주머니를 건넸다.

여인이 산해파리를 안다는 말은 사실이긴 했다. 하지만 '그가 어디에 있는지 안다.'는 말은 거짓이었다. 산해파리는 행적이 묘연해 아무도 그의 거처를 알지 못했다. 여인이 주머니를 받으며 걱정스러운 얼굴로 말했다.

"나으리께서 시킨 대로 죽도로 가라고 전하긴 했으나, 대숲이 울면 놈이 나타난다는데, 혹시 저들이 죽기라도 하면……."

"너는 오늘 일은 잊고 살면 된다. 그러지 않으면……."

사내가 여인의 말을 끊으며 칼을 꺼냈다.

여인은 퍼렇게 질린 얼굴로 주머니를 들고 덜덜 떨며 물러났다.

"대숲에만 가면 죽는다고 하니 알아서들 죽겠지."

사내는 지금까지 알아낸 바를 박 한찬에게 전령조로 알린 뒤, 흑삼치가 찾아다니는 산해파리를 직접 찾아보기로 결심했다.

그 시각 부둣가에 이른 흑삼치는 정박되어 있는 커다란 배 한 척에 올라탔다. 잘 모르는 소소생이 봐도 보물이 제법 실려 있을 법했다.

"이 배는 우리 해적선만큼 좋군. 분명 값비싼 재화를 신고 다니겠지. 다음엔 이런 배를 노려야겠어."

"저희는 노략질하러 온 게 아니거든요."

"저도 해적인 주제에 선량한 척은!"

"해적 아니라니까요?"

소소생이 대꾸했으나 흑삼치는 그러거나 말거나 배에 실린 재물을 주머니에 담기 바빴다. 그런 모습은 철불가와 다를 바 없었다. 해적이란 작자들은 다 저런 것인가. 소소생은 흑삼치 모르게 혀를 끌끌 찼다.

흑삼치는 힘을 들이지 않고 순식간에 높은 돛대 위에 올라갔다. 크기가 작은 무인도가 꽤 많이 보였다.

"섬이 너무 많아. 어디가 죽도인지 모르겠군."

흑삼치가 인상을 쓰며 둘러보다가 시선을 멈췄다.

"그 남자아이가 뭐라고 했지?"

"여길 떠나라고요."

"그 다음에."

"꼭 떠나라고요."

"그 다음에!"

흑삼치가 버럭 성을 냈다.

"제비를 따라가라고 했어요."

"그 수수께끼를 풀었다. 저기 제비가 있다."

흑삼치가 멀리 섬 하나를 가리켰다. 소소생도 뱃머리로 올라가 보았다. 여러 섬들 사이에 날아가는 제비처럼 생긴 섬이 보였다.

"저기가 죽도로군요!"

흑삼치는 눈에 띄지 않게 작은 나룻배를 내렸다.

"저어라."

흑삼치가 소소생에게 노를 던졌다.

"내가 죽도로 안내하지. 저기서 오른쪽으로 방향을 틀어라."

소소생은 흑삼치가 시키는 대로 노를 저었다. 배가 죽도에 가까 워지자 빽빽하게 들어선 푸르른 대숲이 한눈에 보였다. 그리고 죽 도 앞바다에 잠수부가 동동 떠 있었다.

"어? 몰인潛人이다!"

소소생이 말했다. 바다에 잠수하여 해산물을 채취하는 사람을 몰인이라고 하였다.

"바쁘시겠으나 한 가지만 묻겠습니다! 이 섬이 죽도가 맞나요?"

몰인은 아무 말도 없었다. 가까워질수록 몰인의 얼굴이 보였다. 몰인은 눈을 크게 뜨고 입을 헤벌린 채 웃고 있었다.

"저기, 이 섬이 죽도가 맞습니까?"

몰인은 여전히 동공이 풀린 눈으로 웃었다.

"저기요?"

소소생이 몰인에게 재차 물으려 하자 흑삼치가 손으로 제지했다. 무언가 이상했다. 몰인의 낯빛이 창백하고 눈빛이 탁한 것이 기이했다. 쇠 냄새가 나는 것도 같았다. 흑삼치는 나룻배에서 바다로 뛰어들었다. 몰인 가까이 헤엄쳐 가니 몰인의 하반신이 도끼로 썰린 듯 댕강 잘려 있었다. 다리가 끊어져 나간 곳에서 붉은 피가 퍼져 나왔다. 흑삼치가 맡았던 쇠 냄새는 피비린내였다.

"!!!"

흑삼치는 배로 돌아가려 몸을 틀었다. 그 순간 커다란 물고기가 빠르게 다가오는 것이 보였다. 악어처럼 주둥이가 길고 입이 쭉 찢어졌으며 뾰족뾰족한 이빨이 박힌 괴물 물고기였다. 몸통은 상어처럼 크고 길어서 어른 한 명은 너끈히 잡아먹고도 남을 듯했다. 매끈한 등에 삼각형의 커다란 지느러미가 산처럼 솟아 있었다. 놈은 눈 깜짝할 사이에 흑삼치의 코앞까지 헤엄쳐 왔다. 놈이 흑삼치의 팔을 물어뜯으려 할 때 소소생이 흑삼치를 잡아당겼다.

"올라오세요! 빨리!"

흑삼치는 재빨리 나룻배로 올라갔다. 흑삼치의 뒤로 물고기의 이빨이 허공에서 딱 소리를 내며 맞부딪쳤다. 나룻배 사방으로 악어와 상어를 섞은 것 같은 괴물 물고기들이 몰려들었다.

"으악! 이 괴물들은 뭡니까?"

"거악이다. 깊은 바다까지 들어간 몰인을 잡아먹는다는 소문은 들었는데 이곳에 있을 줄이야!"

거악은 이빨을 딱딱 부딪치며 빠르게 헤엄쳐 왔다. 놈들은 수면 아래에서 뾰족한 지느러미로 배를 찔렀다. 단단한 지느러미가 배를 뚫고 올라왔다. 바닷물이 들어오자 배가 가라앉기 시작했다.

흑삼치가 철살도를 휘둘러 등지느러미를 잘랐다. 크아악! 끔찍한 소리를 내며 거악이 도망쳤지만, 다른 거악들이 더욱 사납게 공격했다. 이번엔 거악이 흑삼치의 머리를 노리고 뛰어올랐다.

흑삼치는 철살도로 거악의 머리부터 꼬리까지 반으로 갈랐다. 거악의 배 속에 있던 것들이 흩뿌려졌다. 거기엔 아까 보았던 몰인의 다리도 들어 있었다.

"으악! 저놈이 몰인을 잡아먹었나 봐요!"

소소생이 소리쳤다.

거악이 뾰족한 이빨로 콰직 배를 물어뜯었다. 소소생이 노로 거악의 머리를 때렸으나 역효과였다. 머리를 맞은 거악이 크아아악 소리를 지르자 다른 거악들이 더 달려들었다. 배가 조각나며 부서져 버리자 소소생과 흑삼치는 바다에 빠지고 말았다.

흑삼치가 거악의 머리를 베고 두 동강을 내었으나 거악이 너무 많았다. 거악의 이빨에 스치기만 해도 날카로운 칼로 베인 것처럼 피가 흘러나왔다. 푸른 바다에 새빨간 피가 미역처럼 풀어졌다.

"으악! 사람 살려! 살려 주세요!"

소소생이 허우적거리자 소매에 넣어 두었던 풍탁이 흔들렸다. 댕댕댕 짤랑짤랑 고래 모양의 추가 흔들리며 청아한 종소리를 내자 성난 거악들이 얼어붙은 듯 공격을 멈췄다.

소소생은 놈들이 공격을 멈춘 줄도 모르고 팔을 흔들어 대며 허우적거렸다. 풍탁의 종소리가 딸랑딸랑 계속 울리자 거악들은 크아아악 크악 비명을 지르더니 꽁무니를 빼고 달아났다.

거악들이 물러나자 소소생과 흑삼치는 놀라서 눈을 마주쳤다.

"죽도까지 헤엄쳐 가자! 더 있다간 또 놈들이 쫓아올 거야."

"저 이렇게 깊은 데선 헤엄 못 치는데요."

"아, 씨, 손 많이 가는 새끼!"

흑삼치는 이놈의 목도 따 버리고 싶은 충동을 억눌렀다. 흑삼치는 소소생의 목에 팔을 두르고 한 손으로는 물살을 가르며 헤엄쳤다. 죽도에 도착한 흑삼치는 소소생을 한 팔로 끌어당겨 패대기쳤다. 흑삼치의 괴력에 소소생은 깜짝 놀랐다.

"야, 넌 해적 두령이란 놈이 헤엄도 못 치냐?"

"해적 두령 아니라고 오백 번은 말했고요. 얕은 데서는 저도 헤엄칠 수 있다고요."

"시끄러. 한마디만 더 하면 확 다시 바다에 던져 버린다."

소소생은 입을 합, 다물었다가 금방 다시 풀었다.

"거악이 왜 갑자기 달아났을까요?"

"내가 저승사자 흑삼치란 사실을 깨달았나 보지."

흑삼치가 철살도에 묻은 피를 닦아 내며 아무렇지 않게 말했다.

<u>스스스스—.</u>

소소생과 흑삼치는 대나무 숲으로 들어갔다. 섬 전체가 대나무로 둘러싸여 있어 방향을 가늠하기 어려웠다. 대나무가 어찌나 빽빽하고 큰지 아침이 밝아 오는데도 빛이 들지 않아 길이 어두웠다. 꼭 털북숭이 짐승의 털 사이를 헤치고 지나는 것 같았다.

"으으. 물에 홀딱 빠졌다가 나오니 춥네요."

바람에 한기가 느껴지자 소소생이 팔을 문지르며 말했다.

"너, 일부러 그러는 거지?"

"예?"

"해적 두령인 걸 숨기려고 아둔한 척, 약해 빠진 척하는 거 말이다. 대놓고 약아빠진 철불가보다 너 같은 놈이 더 나빠."

흑삼치는 소소생을 노려보며 이를 뿌득 갈았다. 지금도 부하들은 사경을 헤매고 있는데 이놈이 괴죽음을 해결할 거라는 소리에 혹해 따라나선 것이 후회됐다. 이 시간에 차라리 의원을 찾는 게 나았을 거란 생각을 하며 흑삼치는 그냥 지금 이놈을 죽여 버릴까 고민했다. 소소생은 아무것도 모른 채 걷고 있었다.

한 방이면 끝낼 수 있다.

흑삼치가 철살도에 손을 올렸을 때, 사사사사삭 옆에서 무언가 다가오는 소리가 들렸다.

"누구냐?"

치사하게 숨어 있지 말고
괴물이든 사람이든 정체를
드러내라!

뭔가 다가온다
뭐지? 너무 빨라서 눈으로
소리를 쫓는 것도 힘들어!

이쪽이다!

흑삼치의 칼이 부딪힌 곳에는 아름다운 남자가 서 있었다.

소소생은 남자의 빼어난 미모에 넋을 놓고 바라보았다. 소소생이 본 가장 잘생긴 생명체는 짜증나게도 철불가였다. 그런데 이 남자 또한 철불가에 버금가는 미남이었다. 핏기가 보이지 않을 정도로 허여멀건 피부와 갸름한 얼굴에선 또 다른 부류의 잘생김이 묻어났다. 댓잎처럼 길쭉한 눈매에 오똑한 코는 차가운 인상을 주었는데, 초야에 묻혀 있다는 신비로움이 더해지자 무척 근사해 보였다. 가지런히 반으로 묶은 머리카락은 여느 귀족 여인들 못지않게 고와서 머리카락이 흩날릴 때마다 풀 내음이 나는 듯했다.

남자의 검술은 살아 움직이는 한 폭의 그림 같았다. 그는 휘어지는 검을 휘둘렀는데 칼날이 이리저리 흔들리며 날아오는 것이 꼭 뱀이 흐느적대는 것처럼 보였다.

흑삼치는 남자의 칼을 쳐 냈으나 반동으로 다시 날아오는 것은 피하지 못했다. 얇고 연약해 보이는 검이 흑삼치의 팔을 스쳤다.

"연검이군!"

연검은 부드럽고 유연하게 휘어지는 칼로 탄성이 강해 공격하는 방향을 예측하기 어려운 무기였다.

"이런 무인도에 연검을 자유자재로 다루는 자가 있다니. 정체가 무어냐?"

흑삼치가 물었다.

남자는 기다란 눈을 가늘게 뜨고 흑삼치를 보았다. 마침내 남자가 매화처럼 분홍빛 혈색이 도는 입술을 뗐다.

"너야말로 정체가 무엇이냐? 거악을 피하다니 제법이군."

"……와, 목소리까지 잘생겼어."

소소생이 중얼거렸다. 소소생은 싸움이란 것도 잊고 남자를 보다가 그의 옷에 새겨진 해파리 자수를 발견했다.

"설마 산해파리?"

"뭐? 저놈이?"

소소생이 소리치자 흑삼치의 눈이 커졌다.

"무인도에 사는 거지가 산해파리였구나!"

산해파리와 흑삼치는 서로를 노려보다가 칼을 들고 날아올랐다. 대나무를 발로 짚은 두 사람은 대나무의 탄성을 이용해 서로에게 날아갔다. 두 사람의 팽팽한 시선과 칼날이 허공에서 부딪혔다. 챙챙 소리가 살벌하게 들렸다. 산해파리의 연검이 흑삼치의 팔한쪽을 휘감았다.

연검이 흑삼치의 팔을 파고들자 피가 흘러내렸다. 밑에서 이 모습을 지켜보던 소소생은 급히 노래를 부르기 시작했다. 철불가가 알려 준 '수담가'였다.

우리가 손으로 나누던 대화는 오동나무에 새겨져 있고
당신의 얼굴은 나의 마음에 오롯이 새겨져 있네.
우러러보던 얼굴을 볼 수 없으니
그대가 쥐던 조약돌 만지며 그리움을 좇노라.

"저 미친놈이 노래를 해……?"

흑삼치는 욕을 뱉었지만, 산해파리는 흑삼치의 팔을 감고 있던 연검을 거두었다.

산해파리의 서늘한 눈에서 눈물이 한 방울 뚝 떨어졌다.

"?"

산해파리는 눈물을 감추려는 듯 뒤로 돌아 혹 날아갔다. 그러고는 대나무를 밟은 반동으로 순식간에 소소생 옆으로 뛰어내렸다. 휘릭— 이번에는 그의 연검이 소소생의 목을 휘감았다. 일련의 동작이 난을 치듯 매끄러워 넋을 놓고 있던 소소생은 꼼짝도 할 수 없었다. 조금만 움직였다간 연검에 베어 소소생의 목이 통째로 썰려 나갈 것 같았다.

소소생은 침을 조심스레 삼키고 겁에 질린 눈으로 산해파리를 쳐다봤다.

산해파리가 차가운 목소리로 물었다.

"철불가가 보낸 것이냐?"

7

"십 년 만이다, 내 거처에 사람이 온 것은."

산해파리는 소소생과 흑삼치를 자신의 집으로 안내했다. 산해
파리의 거처는 죽도 꼭대기에 있었는데 워낙 울창한 대숲에 가려
멀리서는 그의 집이 보이지 않았다. 집은 대나무로 촘촘하게 짜서
지었는데 지붕은 커다란 댓잎을 여러 겹 쌓아서 비를 피할 수 있
었다. 또 대나무를 잘게 잘라 발을 만들어 창문 앞에 달아 두었다.

앞마당에는 대나무로 식수대도 만들어 놓았고 바닥에는 검은
색 조약돌을 깔아 두었다. 잘그락잘그락 걸을 때 돌맹이가 밟히는
소리와 졸졸졸 물 흐르는 소리가 어우러져 꽤 운치 있었다. 얼핏
집만 보면 대나무 공예 장인이 사는 집 같았다.

"들어와라."

산해파리는 문에 쳐 놓은 대나무 발을 걷으며 말했다.

흑삼치는 못마땅한 눈으로 산해파리를 노려봤다. 방금까지 살기 어린 눈으로 죽이려고 했던 놈이 갑자기 집으로 안내하다니, 수상하기 짝이 없었다. 그러나 소소생은 아무 의심도 없이 산해파리의 집에 들어갔다.

"그래도 오랜만의 손님이니, 마실 걸 준비하지."

산해파리는 두부를 가져와 맷돌에 갈기 시작했다. 손가락도 길고 가늘어 칼 한번 잡아 본 적 없는 자의 손처럼 고왔다.

"와, 손가락 봐. 인간 섬섬옥수* 그 자체야."

소소생이 맷돌을 가는 산해파리의 손을 보며 중얼거렸다.

흑삼치는 옆에서 그 말을 듣고 섬과 옥수수라는 소리인가 생각했으나 입 밖으로 꺼내진 않았다. 소소생 저 애송이에게 얕은 바닥을 또 들킬 수는 없었다. 나중에 섬섬옥수가 무슨 뜻인지 따로 알아봐야겠다고 속으로 다짐할 뿐이었다.

산해파리가 맷돌 손잡이를 잡고 빙글빙글 돌리며 두부를 갈자 두부가 으깨어지며 하얀 국물이 되어 흘러내렸다. 그는 대나무를 잘라 만든 그릇에 하얀 국물을 담아서 흑삼치와 소소생에게 한 잔씩 주었다.

"와, 이게 무엇입니까?"

"두즙*이다. 목이 탈 것이니 마셔라."

소소생은 두즙을 받아 마셨다. 콩이 가진 단맛이 입안 가득 감

---

* 섬섬옥수纖纖玉手: 가늘고 옥처럼 고운 손을 이르는 말
* 두즙: 콩류를 갈아 만든 두유로, 두부즙으로도 불렸다.

돌았다. 으깨진 두부가 혀에 닿자 고소한 맛이 느껴졌다. 대숲에서 불어오는 시원한 바람까지 풍미를 더했다.

"흑갑신병이라는 군대를 부린다고 들었는데 군대는 어디에 있습니까?"

소소생이 물었다.

"철불가는 여전하군. 잘 알지도 못하면서 혀를 놀리니. 여길 봐라. 그런 군대가 있겠느냐? 게다가 나는 은퇴한 해적이다. 이렇게 콩을 재배해서 두부를 만들고 그걸로 두즙을 만들어 먹고살지."

흑삼치는 계속 산해파리를 경계하며 두즙을 마시지 않았다. 해적에게 신뢰란 말은 절대 어울리지 않는 단어였으니까. 흑삼치는 산해파리의 연검에 베인 상처를 천으로 싸매며 말했다.

"장보고는 개밥과 같고."

"그 자식들도 개같이 생겼다."

흑삼치가 해적식 인사를 하자, 산해파리도 대거리했다.

"잊고 있었던 말이 자연스럽게 나오는 걸 보니 아직 해적 피가 남았나 보군."

산해파리가 혼잣말을 하듯 읊조렸다.

"한 번 해적은 영원한 해적이니 당연한 거 아닌가?"

"글쎄. 그럴지도 모르겠군. 내가 해적이었던 건 아주 오래전이었지. 그 당시 바다전갈은 신참이었고, 흑삼치 네가 죽였던 전 두령은 내가 노략질을 가르쳤지. 철불가도 옛날엔 그렇게 느물거리지 않았어. 맑고 순진했지."

"웩!"

산해파리의 말에 흑삼치가 마시지도 않은 두즙에 사래가 걸린 것처럼 캑캑거렸다. 흑삼치는 얼굴이 빨개져서 말했다.

"맑고 순진한 철불가라고? 듣기만 해도 속이 역하군! 거짓부렁은 집어치우시오."

"믿기 어려울 테지. 하지만 사실이다. 녀석은 바다에 뛰어들었을 때부터 유명해서 알지. 녀석과는 얽힌 인연도 있고, 말이야."

아주 잠깐 산해파리의 얼굴이 서늘하게 변한 것 같았다. 기분 탓인가. 잘못 본 거겠지? 소소생은 고개를 갸웃했다.

그때 따끔. 무언가 소소생의 팔을 물었다.

"뭐지?"

소소생은 팔을 내려다봤다. 콩처럼 작고 까만 벌레가 소소생의 팔을 깨물고 있었다. 소소생은 손가락으로 벌레를 집었다. 벌레가 문 곳이 빨갛게 변하며 볼록하게 부풀었다. 소소생의 눈앞에서 반질반질 윤이 나고 단단한 껍질을 가진 작은 벌레가 포악한 소리를 내며 다리를 꼬물거리고 있었다.

놈의 다리는 네 개였는데 앞발 두 개는 끝에 갈퀴 같은 발톱이 달려 있었다. 얼굴은 이목구비가 달려 있어 사람처럼 다양한 표정을 짓는 것이 보였다. 까만 벌레는 인상을 쓰며 소소생을 보고 내려놓으라는 포악한 소리를 내었으나, 그래 봤자 소리는 매우 작아서 가소로울 따름이었다.

소소생은 손으로 톡 벌레를 날려 버리고 다시 산해파리에게 집

중했다.

"산해파리 님은 어째서 해적을 그만두셨습니까?"

"내가 원한 건 아니다. 바다가 나를 버려서지."

산해파리는 알쏭달쏭한 말을 했다.

"바다가 버렸다고요?"

소소생이 되묻자, 산해파리가 말했다.

"내가 원하는 것이 바다에 있는 줄 알았으나 없었고, 바다 또한 내게 바라는 것이 없었지. 네놈은 철불가와 어찌 아는 사이냐?"

"원수입니다."

소소생의 말에 흑삼치가 피식 코웃음을 치며 비아냥거렸다.

"원수 좋아하네. 천년의 사랑이 아니고?"

"아니거든요?"

소소생은 흑삼치에게 성을 내려다가 흑삼치의 눈빛을 보고 바로 꼬리를 내렸다.

"저는 덕담꾼입니다."

소소생이 산해파리에게 말했다.

"더러운 수작 마라. 이놈은 해적이오. 덕담꾼이라고 속이고 상대를 방심케 하여 노략질하는 아주 더러운 덕담계 해적, 소소생."

흑삼치가 말했다.

"진짜 덕담꾼이라고 몇 번을 말했지 않습니까? 왜 믿지 않고 자꾸 거짓 소문을 퍼트리십니까?"

"덕담계 소소생이라. 나도 들어 본 것 같군. 비록 이곳이 인적이

끊긴 무인도지만 바람이 실어 오는 소문은 들리거든. 흑삼치는 동해에서 무서운 해적이라 저승사자라고 불리며, 최근엔 바다전갈이 죽어 뒤숭숭한 바다를 삼키려 한다는 것도 들었다."

"뒷방 늙은이가 남의 소문은 잘도 아는군."

흑삼치가 날 선 목소리로 말했다.

산해파리는 흑삼치의 말을 무시하고 소소생을 바라봤다.

"그리고 소소생이란 놈은 철불가를 부하로 삼고 장인을 거느린 무시무시한 해적이라는 것도 들었지. 정녕 그게 너란 말이냐?"

산해파리는 믿을 수 없다는 표정을 지으며 눈썹 끝을 올렸다.

"당연히 아닙니다!"

소소생은 억울해서 저도 모르게 큰 소리를 내었다. 산해파리는 춤을 추듯 발을 뻗어 소소생에게 다가갔다.

"사람은 항상 원하는 바를 숨기고 있지. 네놈은 어떠냐?"

산해파리는 순식간에 연검을 꺼내 소소생의 턱 밑에 겨눴다. 바람처럼 빠른 동작에 흑삼치도 꼼짝하지 못했다.

"말해 보거라. 네가 진짜 덕담꾼이라면, 덕담으로 무얼 하고 싶으냐?"

산해파리가 시험하듯 물었다. 산해파리의 눈빛은 소소생의 영혼까지 꿰뚫을 듯 깊었다. 소소생은 얼어붙어 움직일 수 없었다.

"웃기고 싶습니다."

"뭐?"

"아주 웃기는 덕담꾼이 되어서 유명해지고 싶습니다. 돈을 많이 벌어서 건어물주가 되고 철불가도 못 했다는 노후 준비를 하고 싶습니다. 그러다 좋아하는 사람이 저를 좋아해 주면 더 좋고요."

소소생은 얼굴이 빨개져서 말했다.

"솔직하군. 유명해질 수 있을지 내가 판단해 주마. 어디 한번 덕담을 해 보거라."

산해파리가 연검을 거뒀다.

소소생은 잠시 생각하다가 즉석에서 덕담을 지었다.

"바둑에서는 상대편의 돌 세 개가 내 돌을 감싸고 있을 때, '호랑이 호虎', '입 구口' 하여 '호구 잡혔다.'고 말합니다. 번번이 철불가에게 이용당하는 저나 철불가를 잡았다가 놓치기만 하는 흑삼치는 호랑이 입에 잡힌 호구라 할 수 있습니다."

소소생이 바둑을 소재로 삼은 이유는 철불가가 알려 준 '수담 가' 때문이었다. 수담手談은 손으로 하는 대화란 뜻인데 이는 바둑을 일컫는 말이었다. 산해파리가 바둑과 인연이 있을 거라는 생각이었다.

"진짜 호구 한번 잡혀 볼래?"

흑삼치가 소소생을 죽일 듯이 쳐다보았다. 흑삼치가 서슬 퍼렇게 노려보면 소소생은 무서워서 심장이 쪼그라들었다.

"하! 재미있구나. 네 녀석 덕에 아주 오랜만에 웃었어. 하하하!"

산해파리가 활짝 웃으며 말했다. 그가 웃으니 기다란 눈이 초승달처럼 휘어 무척 귀여워 보였다. 혈색이 좋은 붉은 입술이 벌어지자 가지런해 보기 좋은 이가 드러났다.

무표정일 때는 서늘한 미남이었으나 웃으니 말 잘 듣는 강아지 같은 매력이 있었다. 그가 덕담에 웃어 주니 소소생의 눈에 산해파리가 더 잘생겨 보였다. 자신의 짐작이 맞는 것 같아 신이 난 소소생은 시키지도 않은 덕담까지 덧붙였다.

"장인으로 재물을 취하려 했던 김 대사의 꼼수는 장인이 사포를 짓밟는 자충수가 되었고, 철불가가 해적에게 금지된 마녀묘로 장인을 데려간 것은 악수처럼 보였으나 장인을 물리치는 묘수였습니다. 그리고 철불가는 김 대사에게 호구 잡힌 것을 만회하기 위해 초강수로 산해파리 님, 당신을 지목했습니다. 당신만이 당포의 괴죽음을 해결할 수 있을 거라면서요."

방금 소소생이 한 덕담의 용어 또한 모두 바둑에서 나온 말이었다. 꼼수는 이득을 취하려는 얕은 속임수를, 자충수는 자기가 판 함정에 제 발로 들어가는 수를 말했고, 악수는 패배로 이끄는 나쁜 수, 묘수는 남들은 언뜻 생각하지 못한 신묘한 수를 말했으며 초강수는 무리함을 무릅쓰고 두는 강력한 수를 뜻했다.

산해파리는 이를 알아듣고 미소를 지었다.

"'철불가를 살리기 위해 당포의 괴죽음을 해결해야 한다.'라. 한동안 당포에 가지 않았더니 그런 일이 벌어지고 있었을 줄이야."

"이 일을 해결할 사람은 산해파리 님뿐이라고 들었습니다."

"난 해적도 아니지만 의원도 아니다. 가끔 당포로 가서 사람들의 잔병이나 고쳐 주긴 하지만 연쇄 괴죽음이라니 내가 해결할 수 있는 일이 아니다."

산해파리가 선을 긋자 소소생은 절망감이 들었다. 지푸라기라도 잡고 싶은 소소생은 산해파리의 바짓가랑이라도 붙들고 싶었다.

"이틀 안에 괴죽음의 원인을 밝히지 못하면 철불가도 저도 죽습니다. 더 안타까운 것은 이유 없이 죽어 가는 당포의 백성들입니다. 부디 도와주십시오."

"내 부하들도 벌써 여럿 같은 증상을 보이고 있다. 나는 두령으로서 부하들을 지켜야 한다. 내 부하들을 살려만 준다면 보물이든 배든 대가는 원하는 대로 치르겠다."

흑삼치도 산해파리에게 다가서서 말했다.

소소생과 흑삼치의 부탁에 산해파리는 고개를 끄덕였다. 대신 산해파리는 소소생에게 조건을 하나 걸었다.

"이렇게까지 나오니 괴죽음의 원인이 무엇인지 밝혀 보도록 하마. 단, 일이 끝나고 나를 철불가가 있는 곳으로 안내해야 한다. 어길 시, 네놈은 죽는다. 나도 한때 해적이었음을 잊지 마라."

어째서 그를 찾는 것일까. 소소생은 산해파리도 철불가에게 사기를 당했거나 자기처럼 금붙이를 떼였으리라 짐작했다.

흑삼치도 궁금했는지 산해파리에게 물었다.

"철불가는 왜 만나려는 거요?"

"뜻하지 않게 그와 바둑을 둔 적이 있지. 그때 철불가는 비겁한 수로 내 집을 무너뜨렸다. 그때의 승부를 끝내야 해."

"바둑이나 하려고 그놈을 만난다고? 당신도 참 한갓지군."

흑삼치는 산해파리가 하는 말을 문자 그대로 받아들였다. 김 대사가 허락한 사흘 중에 벌써 이튿날이 지나고 있었다. 조급해진 흑삼치와 소소생이 산해파리가 일어나기를 기다렸다.

"가지."

마침내 산해파리가 옷자락을 펄럭이며 일어섰다. 산해파리가 먼저 집을 나가고 흑삼치가 그를 따라 나갔다.

'그나저나 흑삼치는 피도 눈물도 없는 해적 같았는데, 의외로 인간미가 있구나.'

무자비하고 무시무시한 저승사자라고 알려진 흑삼치가 자기 식구를 끔찍하게 챙기는 모습에 소소생은 무척 놀랐다. 소소생은 당포에서 흑삼치의 여러 면을 보게 되어 신기했다.

그러느라 소소생은 아까 치웠던 까만 벌레가 일어나 꼬물꼬물 소소생의 다리로 기어오르는 것을 알지 못했다.

소소생이 메고 있는 가방에 헝겊 인형이 비죽 튀어나와 있었다. 찢어진 헝겊 사이로 인형을 채운 콩들이 보였다. 까만 벌레는 짧은 더듬이를 마구 움직이더니 콩알 사이로 쏙 숨어들었다.

8

"멍청한 김 대사, 내가 여기 갇혀만 있을 줄 알고? 네가 잃어버린 줄도 모르고 간 이 귀걸이 덕에 또 탈출할 수 있다 이거야."

철불가는 병사들이 교대하느라 잠깐 자리를 비운 틈에 입속에 숨겨 두었던 물건을 뱉었다. 아까 김 대사에게 귓속말을 할 때 슬쩍한 금귀걸이였다.

바늘 하나로는 불가능했지만 금귀걸이가 있다면 열쇠의 모양도 좀 더 복잡하게 만들 수 있을 터. 철불가는 힘껏 재주를 부려 귀걸이와 바늘을 동시에 자물쇠 구멍에 넣고 돌렸다. 달그락달그락 소리가 요란하게 났으나 잠금 장치가 열리는 소리는 들리지 않았다.

"젠장! 하필 옛 백제에서 쓰던 자물쇠라니. 김 대사, 아주 지독하다, 지독해."

손 기술이 좋은 백제인들이 만든 자물쇠는 아무나 열 수 없었다. 매사 능글능글 여유로운 철불가도 인내심에 한계를 느끼고 말았다. 마구잡이로 쑤시고 돌리는 바람에 고리가 뚝 부러지는 소리가 들렸다.

"망할! 구멍이 막혔잖아!"

철불가는 망연자실하여 두 손으로 머리를 감싸고, 벽에 등을 댄 채 그대로 주욱 미끄러져 고개를 숙였다.

그때였다.

"약속대로 구하러 왔다."

철불가가 번쩍 고개를 들었더니 창살 앞에 고래눈과 범이가 서 있었다. 고래눈은 수군 병사의 옷까지 입은 채였다.

"소소생은 어디 가고 당신만 있는 거요?"

범이가 눈썹 한쪽을 치켜 올리고 물었다.

"네놈들이야말로 어떻게 여기 있는 게냐? 김 대사가 꽁꽁 숨겨 둔 지하 감옥인데! 너희도 잡혀 왔나?"

"그럴 리가! 고래의 눈은 밝고 현명하여 모든 걸 볼 수 있으니 이곳에 철불가가 갇혀 있다는 것쯤은 금방 알 수 있지 않겠소."

범이가 우쭐대며 말했다.

사실은 이러했다. 고래눈은 소소생과 철불가를 빠트렸다는 바닷속을 뒤졌다. 그들의 시신이라도 찾아 묻어 주려고 했으나 시신이 보이지 않았다.

"고래눈 형제, 아무리 바다를 뒤져도 소소생의 옷자락 하나 보이지 않습니다. 아무리 바다가 넓다 하나 수장형을 당한 직후에 뒤졌는데도 아무것도 없다니. 꼭 소소생이 바다에서 사라진 것 같습니다."

범이가 고개를 갸웃하며 말했다.

"바다에서 찾을 수 없다면 육지에 있겠지."

고래눈의 눈이 반짝 빛났다.

최근 관청에 있어야 할 병사들이 김 대사의 집에 수시로 비밀리에 드나든다는 소문이 들려왔다. 고래눈은 김 대사가 그들을 자신의 집으로 빼돌렸을 거라고 짐작했다. 철불가는 엮이기 싫은 인간이지만 만 년째 살아 있다는 소문처럼 명줄이 질긴 자였다. 그런 자가 그렇게 쉽게 처형당했다는 것은 받아들이기 어려웠다.

고래눈은 그때부터 김 대사의 집을 염탐하기 시작했다. 범이는 김 대사의 집에서 나온 병사들이 술집으로 가는 것을 미행했다. 병사들은 술에 거나하게 취해 낮은 목소리로 떠들었다.

"글쎄, 당포에서 사람들이 죽어 간다잖아. 그래서 그 꼴 보기 싫은 철불가사리인지 하는 놈이랑 소소송(?)인가 하는 꼬마를 살려 둬 가지고, 우리만 이리 개고생하지 않나. 해적이라고 잡아 놓고 이젠 그 몹쓸 놈들을 지키느라 보초가 늘었어."

"쉿, 누가 들으면 어쩌려고 그래?"

"들으라면 들으라지. 처형식까지 한 마당에 그놈들이 버젓이 살아서 김 대사 집에 숨어 있다는 말을 누가 믿겠나?"

병사들은 금세 인사불성이 되어서는 실려 나갔다.

낮말은 새가 듣고 밤말은 쥐가 듣고 바다 말은 고래가 듣는 법.

진실을 알게 된 고래눈과 범이는 바람처럼 김 대사의 집 담을 넘었다. 마침 병사 둘이 마당을 가로질러 갔다. 고래눈은 뒤로 다가가 병사 하나를 순식간에 기절시킨 뒤 그자의 옷으로 갈아입었다.

고래눈은 병사들이 쓰는 모자를 깊이 눌러 쓰고 다른 병사를 따라갔다. 병사는 반동의 우리를 거치지 않는 다른 계단을 통해 지하로 들어갔다. 지하 감옥까지 들어간 고래눈과 범이는 마침내 철불가를 찾아냈다.

"아하. 그래서 고래눈이 수군 옷을 입고 있었군. 그 옷 꽤 잘 어울리네. 자네는 해적이 아니라 고관대작을 해야 했어. 담이 크고 정의로우니 말이야. 아무튼 잘 왔네! 이제 날 좀 풀어 주게. 이 자물쇠는 어찌나 복잡한지 나조차도 딸 수가 없더라고……."

철불가가 주절주절 자기 말만 해 대자 고래눈이 말을 끊었다.

"소소생은 어딨소?"

"아, 심부름 좀 보냈어. 자, 날 풀어 주면 소소생이 있는 곳을 알려 주겠네."

"어디로 갔는지 먼저 말하시오."

고래눈이 단호하게 말했다. 고래눈의 목소리에 위엄이 서렸다.

"거참, 김 대사가 나를 소중히 여겨 나는 여기 가두고 소소생만 당포로 보냈네. 거기서 의문의 괴죽음이 벌어지고 있거든. 소소생은 날 구하려고 그걸 조사하러 갔……?"

휘릭 바람이 불어 철불가의 머리카락이 날렸다. 눈 깜짝할 사이에 고래눈과 범이가 사라지고 없었다.

"고래눈? 범아?"

철불가가 애타게 두 사람을 불렀으나 휘잉— 허무한 바람소리만 들렸다.

"또 어딜 간 거야? 고래눈 쟨 생긴 건 선량한데 하는 짓은 흑삼치랑 다를 게 없다니까? 의적이라더니 난 내버려 두고 가냐!"

철불가는 빈 감옥에서 고래눈 들으라고 쩌렁쩌렁 소리를 질렀다.

지하 감옥 밖으로 나온 고래눈과 범이는 철불가의 외침을 듣고 피식 웃었다.

"철불가는 정말 그대로 두시는 겁니까?"

고래눈은 답하지 않았다.

"나는 당포로 갈 테니 넌 이곳에서 더 캐 보거라. 연쇄적인 괴죽음이라니 분명 숨겨진 뭔가가 있을 거다."

"철불가의 말이 맞다면, 당포는 위험합니다. 어째서 그런 해적놈을 구하려고 괴죽음을 무릅쓰고 가신단 말이에요? 고래눈 형제, 죽은 그 아이 때문에 그러는 거라면……."

고래눈은 또 입을 꾹 다물었다. 고래눈은 한동안 말이 없다가 입을 열었다.

"…… 싫다면 나 혼자 하겠다. 넌 배로 돌아가도 좋다."

"하아……, 아닙니다. 저도 곧 당포로 따라가겠습니다. 몸조심하십시오."

고래눈이 살짝 웃으며 범이의 머리를 쓰다듬자, 범이의 귓가가 빨갛게 달아올랐다. 고래눈이 휙 바람처럼 사라진 뒤에야 범이는 멈췄던 숨을 쉬었다.

"배에 타게."

산해파리가 바닷가에 놓인 커다란 널빤지를 가리키며 말했다.

"배가 어디 있다는 거요?"

흑삼치가 팔을 꼬며 삐딱하게 말했다. 산해파리, 흑삼치, 소소생
은 배를 타고 다시 당포로 나가려는 참이었다.

"아무리 은퇴한 해적이라지만 이젠 널빤지와 배도 구분 못 하는
건가? 한시가 급한데 장난하는 거요?"

흑삼치는 금방이라도 산해파리를 한 대 칠 것 같은 얼굴이었다.
부하들 목숨이 걸린 일인데 장난질을 하는 거라면, 은퇴한 선배 해
적이고 뭐고 두 동강을 내 버릴 생각이었다.

소소생도 산해파리가 무슨 말을 하는 건가 한참 두리번거렸다.

산해파리는 피식 웃더니 쇠몽둥이를 꺼냈다. 흑삼치는 이럴 줄
알았다는 듯 산해파리를 노려보았다.

"네놈이 여기로 우리를 끌고 와 죽이려고……."

그러나 산해파리의 쇠몽둥이는 널빤지를 두드리는 용도였다. 산
해파리의 움직임에 따라 쇠몽둥이에 달린 종이 몽둥이를 때리며
짤랑 댕댕댕 쇳소리가 났다.

널빤지가 저절로 움직이며 물보라를 일으키기 시작했다.

"이게 어떻게 된 일이에요?"

소소생이 눈을 동그랗게 뜨고 물었다. 널빤지 사방에서 거악 네 마리가 모습을 드러냈다. 그중에는 죽도로 건너올 때 흑삼치가 지느러미를 자른 놈도 있었다. 놈은 흑삼치에게 악감정이 남은 듯 주둥이를 크게 벌려 커다란 이빨을 딱딱 부딪치며 위협했다.

"으악! 거악! 거악이에요! 빨리 피하세요!"

소소생이 기겁을 하며 외쳤다. 흑삼치도 철살도로 거악을 내리치려고 했다. 산해파리가 철살도를 쇠몽둥이로 받아쳐 튕겨 냈다.

"어허, 내가 부리는 녀석들이다."

"거악을 부린다고?"

흑삼치는 믿을 수 없어 미간을 찌푸렸다.

"이 쇠몽둥이는 종추라고 한다. 종소리로 거악을 조종할 수 있지. 놈들은 쇠붙이를 무서워하거든."

"아, 알겠다! 그럼 아까 거악이 갑자기 달아났던 이유가 제 소매에 들어 있던 풍탁이 낸 소리 때문이었군요!"

소소생이 소매에서 고래 풍탁을 꺼내 흔들며 말했다. 짤랑짤랑 소리가 들리자 과연 거악들이 괴로운 듯 몸부림을 쳤다.

"소소생, 너 혹시 그 사실을 알고 풍탁을 준비한 거 아냐? 어설픈 덕담꾼인 척 위장해서 해적질을 하는 것도 그렇고. 난 너처럼 의뭉스러운 녀석이 싫다!"

흑삼치가 치를 떨며 말했다. 흑삼치는 언제부턴가 소소생에게서 자꾸 죽기보다 싫은 철불가가 겹쳐 보여 도무지 소소생의 말을 믿을 수가 없었다.

흑삼치는 겁도 없이 혼자 돌아다니는 주제에 비겁하게 재물을 빼앗아 아무렇지 않은 척 실실거리는 철불가가 싫었다. 해적은 바다에서 재물을 취하고 두려움을 뿌리는 자인데 철불가가 해적의 위상을 우스꽝스럽게 만드는 것 같아 못마땅하기도 했다.

소소생은 산해파리가 존경스러웠다. 얼굴도 잘생겼고 아는 것도 많은 듯하니 머리도 잘생겨 보였다. 예의가 바른 것을 보아 성품도 반듯할 것 같았다. 경박하고 뻐기기 좋아하고 품위와는 거리가 먼 철불가와 몹시 비교되는 모습이었다.

세 사람은 거악이 끄는 배를 타고 당포에 도착했다. 커다란 거악이 이끄는 배를 타니 소소생은 자신이 진짜 대단한 해적이 된 것처럼 설레었다. 산해파리가 종추를 때리는 것을 멈추니 거악은 스르륵 바다 밑으로 가라앉아 모습을 감췄다.

달그락달그락 소리가 들려 고개를 돌려보니 마을에서 시신을 실어 멍석을 덮은 수레들이 줄지어 나오고 있었다. 수레마다 유가족들이 매달려 있었다. 아직 상황을 모르는 어린아이는 손가락을 빨고 있었고, 어른들은 시신을 부여잡고 가슴을 치며 통곡했다.

산해파리는 천천히 가장 앞에 있는 수레로 걸어갔다. 눈물을 흘리는 중년 남자에게 산해파리가 정중하게 물었다.

"괜찮으시다면 봐도 되겠습니까."

"그럼요. 선생님께서 보신다면 그래야죠."

남자는 눈물을 닦으며 고개를 끄덕였다. 마을 사람들은 약초를 주곤 하던 그를 신뢰했으니, 이름 모를 이 친절한 이가 한때 악명 높은 해적 산해파리였다는 것은 몰랐다.

산해파리가 멍석을 들추어 시신을 살폈다. 머리에 서리가 내린 듯 흰머리가 지긋한 할머니였는데 눈, 코, 입에 핏자국이 보였다.

산해파리는 뒤이어 수레에 실려 나오는 시신을 하나하나 살폈다. 모두 증상이 같았다.

"혹 이와 같이 피 눈물을 흘리거나 눈이 빨개지거나 기침할 때마다 피를 토하는 분이 더 계십니까?"

"아버지께서 피 기침을 하며 누워 계십니다."

"저희 집 아이도 그렇습니다."

"우리 영감이랑 딸아이도 그러하오."

산해파리는 사람들의 말을 들을수록 얼굴이 어두워졌다.

"왜 그러세요?"

소소생이 조심스럽게 물었다.

"……."

흑삼치도 산해파리의 얼굴을 살폈다. 정말 뭔가 알아낸 건가. 알아낸 척하는 건가. 흑삼치는 아직도 그를 믿지 못했다.

산해파리는 비슷한 증상을 띠는 이들도 살펴보았다. 그는 근심 깊은 얼굴로 바다를 돌아보았다. 소소생은 그의 진중한 모습에 믿음이 갔으나 성질 급한 흑삼치는 답답해 죽을 것 같았다.

"알아냈소? 사람들이 왜 죽은 거요?"

흑삼치가 추궁하듯이 물었다.

"이들을 죽게 만든 것은 괴물도 원혼도 아니다. 돌림병이다."

소소생은 산해파리의 입에서 뜻밖의 말이 나오자 되물었다.

"예? 돌림병이라뇨?"

"이 마을에서 병이 돌고 있다. 지금으로선 발병 경로도, 전염되는 이유도, 치료법도 알지 못한다. 예방할 수는 있으나……."

"있으나?"

흑삼치가 대답을 재촉했다.

"이곳을 봉쇄해야 한다."

"잠깐, 말이 봉쇄지, 백성들을 이곳에 가두는 것 아닙니까!"

소소생은 너무 놀라서 큰 소리를 냈다.

"돌림병은 항구를 통해 어디든 돌아다닐 수 있다. 지금 막지 않으면 돌림병은 불과 같아서 옆집, 옆 마을을 넘어서 서라벌까지 순식간에 번질 것이야."

흑삼치도 마찬가지로 목소리를 높였다.

"마을을 봉쇄해도 네 말대로 여긴 교류가 활발한 항구니 내 부하들처럼 돌림병에 걸린 누군가가 있을 것이다. 퍼지는 것은 순식간일 거라는 말이다. 설령 그렇게 해서 병이 퍼지는 것을 막는다고 치자. 그렇다면 내 부하들은 어쩌란 말이냐?"

고작 내린 결론이라는 것이 이름 모를 돌림병이라니, 이 정도 진단은 흑삼치도 할 수 있었다. 마음 같아서는 산해파리의 목을 베고 싶었으나 참아야 했다.

"다른 부하들까지 걸리지 않도록 그들만 우선 격리해서 따로 지내도록 해라. 지금으로선 그게 최선이다."

흑삼치는 결국 분을 못 이겨 산해파리의 멱살을 잡고 소리쳤다.

"날 믿고 모든 걸 버리고 바다로 뛰어든 놈들이다. 그런 놈들을 고통스럽게 죽어 가도록 내버려 두란 말이냐? 해적이 되기 전에 가족도 뭣도 다 잃은 놈들인데 이젠 목숨까지 잃게 두란 거냐고!"

"다른 부하들까지 죽게 할 셈인가?"

산해파리가 날카롭게 말했다. 흑삼치는 허를 찔린 듯 산해파리의 멱살을 놓았다.

냉혹한 해적도 저러한데 이 일을 겪는 백성들은 얼마나 고통스럽고 두려울까. 소소생은 마음이 아팠다.

"산해파리 님, 정말 치료법이 없습니까? 어떤 방법이든 좋으니 가능성이 있다면 말씀해 주세요. 뭐든지 하겠습니다!"

소소생이 간곡하게 청했다. 철불가보다 이제는 당포의 백성들과 흑삼치의 부하들을 살려야 한다는 생각이 절실했다. 약탈을 일삼는 해적이라도 이렇게 돌림병이 돌면 아무것도 못 하고 운명에 맡겨야 하는 한낱 백성이었던 것이다.

"……"

산해파리는 소소생의 간절한 눈빛에 골똘히 생각에 잠겼다.

"어쩌면……, 야광이라는 괴물이 있다. 그놈이 가지고 다니는 주머니에 신묘한 약초가 들어 있지. 그 약초를 먹인다면 효험이 있을지도 모르겠다."

"그게 정말입니까? 야광을 어디서 잡아야 합니까? 제가 돕겠습니다!"

소소생이 소매를 걷어붙이며 말했다.

"야광인지 뭔지 하는 그놈은 소소생 너한테 맡기겠다. 난 배로 돌아가 부하들을 데리고 올 테니 약초를 구하면 내 부하들 몫도 챙겨야 한다. 안 그러면 어떻게 될지 잘 알겠지?"

흑삼치는 철살도를 슬쩍 들어올리며 서슬 퍼런 눈으로 말했다.

"네, 네, 걱정 마세요!"

소소생은 움찔 놀라서 고개를 세차게 끄덕였다.

흑삼치는 뒤로 돌아선 채 산해파리에게 말했다.

"잘 부탁하오."

흑삼치가 누구에게 부탁하는 것은 살면서 이번이 처음이었다.

9

산해파리는 죽도로 돌아가 자신의 거처에서 대나무로 짠 상자를 가져왔다. 사람이 들어갈 수 있을 정도로 커다란 상자였다.

"이건 뭔가요?"

"협죽함이다. 괴물을 잡는 힘이 있어 이 안에 갇힌 괴물은 누가 열어 주지 않는 한 빠져나오지 못하지."

산해파리는 소소생과 다시 당포로 건너왔다.

"최근에 신발을 자주 잃어버리는 집이 있습니까?"

산해파리는 만나는 사람들마다 같은 질문을 했다. 왜 저런 걸 물어보는지 소소생은 이해할 수 없었다. 하지만 잘생기고 똑똑한 산해파리 선생님께서 하는 일이니, 묻지도 따지지도 않고 따를 뿐이었다. 소소생의 마음에 산해파리가 박준희 선생님만큼 큰 자리를 차지해 버렸다.

"어? 저희 집이 신발이 자주 없어지긴 합니다만. 쥐 새끼가 물어 가는지 귀신이라도 들렸는지……."

한 남자가 말했다.

"집까지 안내하게."

산해파리가 말했다. 소소생과 산해파리는 남자를 따라 그의 집으로 갔다. 집 앞의 신발들이 정말 한 짝씩만 놓여 있었다.

산해파리는 남자에게 곡식을 거르는 체를 달라고 부탁했다. 체를 바닥에 두고, 체를 건드리면 협죽함이 위에서 떨어지도록 줄을 묶어서 함정을 만들었다.

"이제 밤이 오기를 기다리면 된다."

"예?"

"야광은 밤에만 활동하거든."

산해파리가 근사하게 웃었다.

산해파리는 함정 근처에 장작을 쌓아 몸을 숨겼다. 산해파리를 따라 소소생도 장작더미 뒤에 숨어 야광을 기다렸다.

남자 둘이 어깨가 닿을 정도로 가까이 쪼그리고 있으려니 소소생은 무척 심심했다. 소소생은 조각처럼 완벽한 산해파리의 옆모습을 감상하며 '해적이 되려면 일단 잘생겨야 하는 걸까. 이 멀쩡한 남자가 어쩌다 해적이 되었을까. 사기꾼 같은 철불가와는 어떤 사이일까.' 꼬리에 꼬리를 물고 나오는 질문을 떠올렸다. 물론 신라에서 배 곯는 백성들이 산적과 해적이 되는 일은 더러 있었으나, 산해파리에겐 어쩐지 다른 사연이 있을 것만 같았다.

어느덧 해가 지고 밤이 되었다. 산해파리는 한마디 말도 하지 않았다. 소소생은 그동안 산해파리가 해적이 된 연유를 마흔세 가지 정도 상상해 보았으나 전부 마음에 들지 않았다. 소소생은 입이 근질근질하여 도저히 참지 못하고 물어보고 말았다.

"산해파리 님은 어째서 해적이 되셨습니까? 산해파리 님은 제가 만난 해적들과 달라요. 제 목숨만 밝히는 철불가나 성질이 불같은 흑삼치와 달리 학식도 깊고 지혜로운 분 같아요."

산해파리는 생각에 잠겨 있다가 입을 뗐다.

"누구나 소중한 것이 있지. 너는 그게 무엇이냐?"

"저는……."

어째서 철불가가 떠오르는 걸까.

"아니야!"

소소생은 짜증이 나서 철불가의 얼굴을 털어 버리려는 것처럼 고개를 거세게 저었다. 다시 소중한 것을 떠올리려 하자 이번엔 고래눈이 떠올랐다. 소소생은 얼굴이 붉어져서는 헤벌쭉 웃었다.

"사람……입니다. 헤헤."

"사람?"

"네. 그래서 덕담꾼이 된 것 같아요. 덕담꾼은 사람의 이야기를 전하니까요."

산해파리는 지긋이 미소를 지었다.

"너다운 생각이구나. 흑삼치는 네가 덕담계 해적 두령이라고 하지만, 넌 덕담꾼이 맞다."

'진정 날 알아봐 주시다니. 역시 산해파리 선생님이야!'

소소생은 누명을 벗은 기분이 들어 가슴이 벅찼다.

"내게도 소중한 것이 있었다. 그래서 해적이 되었고 최고의 자리까지 올랐지만, 그 다음엔 해적이라서 소중한 것을 잃었지. 그래서 바다를 떠났다."

산해파리는 또 알 수 없는 말을 했다. 이미 입이 트인 소소생은 산해파리에게 질문을 계속했다.

"철불가와는 어떻게 알게 되셨습니까? 산해파리 님처럼 고상한 분이 철불가와 아는 사이라니 믿기지가 않습니다. 상상도 안 가고요."

"나 역시 한때 무자비하고 잔혹하기로 명성을 떨쳤다. 철불가 같은 사기꾼에게 당하는 일이야 해적들에게 비일비재해 놀랄 일도 아니다. 그러니 흑삼치처럼 사리분별이 빠른 녀석도 당하지. 하나 내가 철불가를 만나 승부를 마무리 지으려고 하는 것은 그가 거짓말을 해서는 아니다. 외려 참말을 했기 때문이지."

"참말을 했다고요? 그 철불가가? 목숨이 천 개라고 떠들고 다니는 그 철불가 말하시는 거 맞죠?"

소소생은 믿을 수 없어 재차 확인했다.

산해파리는 그때를 회상하는지 눈빛이 깊어졌다. 그리고 조용히 자신의 이야기를 들려주었다.

악명 높고 잔인한 해적으로 살아가던 시절 바다에서 그를 이길 자는 없었다. 산해파리는 점점 해적질에 염증을 느꼈다. 그러던 차에 산해파리는 우연히 귀족들이 앉아서 돌멩이 놀이를 하는 것을 보았다. 바둑이라고 했다. 산해파리는 어깨 너머로 그들을 지켜보았는데 퍽 흥미로웠다.

바둑은 해적질처럼 이기고 지는 것이 명확했으나 피를 흘리지 않고 조약돌처럼 작은 돌멩이 몇 개로 자웅을 겨룬다는 것이 재미있었다.

산해파리는 해적선에 올라서도 해적질보다 바둑의 수를 연구하는 데 더 많은 시간을 보냈다. 틈만 나면 귀족들이 모여 바둑을 두는 곳에 놀러 가기도 했다.

그런데 그곳에 엄청난 고수가 나타났다는 소문이 들렸다. 대국을 하는 족족 순식간에 상대가 돌을 던지고 패배를 인정하는 실력자가 나타났다는 것이다. 산해파리는 그자가 궁금해 사람들이 몰려서 구경하는 자리로 가 보았다.

소문의 주인공은 놀랍게도 황홀할 정도로 아름다운 귀족 여인이었다.

"저 사람은 누구요?"

"아니, 그 유명한 파사낭낭을 모르시오?"

"파사낭낭······."

파사낭낭이 두는 수는 몹시 독특하고 다음을 읽기 어려웠다. 산해파리는 파사낭낭이 두는 수를 외워서 다음 수를 어떻게 두면 이길지 골똘히 생각했다.

다음에 찾아갔을 때 산해파리는 파사낭낭에게 어렵게 대국을 신청하였으나 처참하게 졌다. 그녀의 모든 수는 언제나 묘수였다. 파사낭낭은 말 한마디 없이 바둑만 두고 돌아갔다.

바둑은 먼저 두는 흑돌이 유리했기에 파사낭낭은 산해파리에 게 한 수 접듯이 흑돌을 주고 자신은 늘 백돌을 집었다. 그럼에도 번번이 지자 산해파리는 차츰 수척해지기에 이르렀다. 산해파리 가 꺼칠해진 얼굴로 죽상이 되어 파사낭낭에게 또 대국을 신청하 자, 파사낭낭이 아름다운 눈을 산해파리에게 맞추며 입을 열었다.

"오늘은 손이 아니라 말로 대화하고 싶습니다만."

산해파리는 그제야 자신이 매번 졌던 이유를 깨달았다. 바둑을 두면서도 그의 눈은 내내 파사낭낭을 향해 있었던 것이다.

그날부터 산해파리는 해적이란 것을 숨기고 평범한 학자인 양 파사낭낭과 사랑을 키웠다.

모든 것이 순조로울 때 철불가가 나타났다. 그가 등장하면 언제 나 그 이야기는 파국으로 흘러갔으니, 이번에도 그러했다. 철불가 도 파사낭낭을 보고 한눈에 반하여 바둑으로 친해지려 하였다.

지혜로운 파사낭낭은 철불가가 어떤 수작질을 해도 넘어가지 않 았다. 그렇게 잘생긴 철불가가 금 자랑을 하며 온갖 보물을 갖다 바 쳐도 파사낭낭은 한사코 돌려보냈다. 철불가는 마지막으로 파사낭 낭에게 대국을 하자고 했다. 파사낭낭은 이를 허락했다.

철불가는 흑돌을 놓으며 파사낭낭에게 말했다.

"바둑은 수를 읽어야 하는 경기지요. 그런데 파사낭낭, 그대는 왜 연모하는 자의 수는 읽지 못하는 거요?"

"그게 무슨 말입니까? 바둑에서 이기려고 거짓말을 하려는 거라면 그만두시지요."

파사낭낭이 백돌을 만지막대며 말했다.

"오늘은 진실만 말하기로 약속하오. 나는 사실 늘 거짓말만 해오던 해적이오. 그대도 들은 적이 있을 거요, 철불가라는 이름을. 내겐 수많은 이름이 있으나 그게 내 진짜 이름이지."

파사낭낭은 철불가가 하는 말에 무척 놀랐으나 어느 정도 예상한 눈치였다. 그러나 그 다음 말을 들었을 때는 충격을 받아 아무 말도 하지 못했다.

"그대가 사랑하는 자도 해적, 산해파리라오. 바다에서 사람을 죽이고 노략질을 일삼는 해적을 사랑할 수 있겠소? 정말로 사랑한다면 그의 진짜 모습까지 품어 주어야 할 텐데 말이오."

철불가의 비겁한 수에 파사낭낭은 대국을 미처 끝내지 못하고 며칠을 죽을 사람처럼 앓다가 산해파리에게 이별을 고했다.

산해파리는 파사낭낭이 고하는 이별을 받아들일 수밖에 없었다. 해적과 사랑에 빠진 귀족 여인이라니. 천것과 혼인한다고 가문에서 내쫓기든, 이름마저 잃고 죽은 사람으로 여겨지든 파사낭낭에게는 받아들이기 어려운 일이었을 것이다.

산해파리가 아는 귀족들이라면 그런 소문이 퍼지는 것조차 두려워 산해파리를 죽이려 들 수도 있을 것이다. 그리고 어쩌면 파사낭낭마저도······.

자신은 어느 순간 착각하고 있던 것이다. 사랑하는 여인과 바둑으로 소일하며 평범한 가정을 꾸릴 수 있을 거라고. 해적 나부랭이가 지체 높은 귀족 가문의 여식과 말이다.

달콤한 꿈 같은 일이었다.

파사낭낭과 헤어진 후 산해파리는 모든 것을 버리고 무인도에 틀어박혔다. 아무것도 하고 싶지 않았다. 죽어 버릴까. 산다면 어떻게 살아야 할까.

그렇게 십 년이 흘렀고, 사람을 죽이던 그의 손은 이제 사람을 살리고 있었다. 대숲을 거닐다 보면 세상사를 잊고 그런대로 마음을 다스리며 살 수 있었다. 그러나 소소생이 부른 '수담가'가 그의 마음을 다시 뒤흔들어 놓았다. '수담가'는 파사낭낭이 이별을 고할 때 불렀던 아름답고 애달픈, 연가였다.

산해파리는 아직도 가슴이 절절히 아픈지 눈가가 붉어졌다.

소소생도 눈가에 눈물이 맺혔다. 사실, 이야기를 들으면서 몇 번이나 오열할 뻔했으나 아랫입술을 꽉 깨물고 간신히 참았다. 아무리 철불가여도 이건 너무한 것 같았다.

"철불가가 선을 넘어도 세게 넘었네요, 아주."

"그래. 오랜만에 '수담가'를 들으니 파사낭낭을 사랑했던 시절이 떠오르더구나. 아직도 그녀는 내게 봄처럼 설레고 꽃처럼 향기로운 사람이다. 평생 두 번 다시 그런 사랑은 내게 없겠지. 그래서 나는 결심했다. 철불가를 죽이기로."

"예. 예?"

소소생은 뜻밖의 전개에 놀라서 산해파리를 쳐다보았다.

"그러니 너는 철불가가 있는 곳으로 나를 안내해야만 한다."

소소생은 핏기가 싸악 가시는 것 같았다. 산해파리가 아무리 점 잖고 존경스러운 자여도 한 번 해적은 영원한 해적이었던 것이다. 병든 백성들을 살리는 대가로 철불가를 죽이려 하다니. 물론 소소 생이 생각해도 철불가가 산해파리에게 한 짓은 치사하고 비열했 다. 그러나 산해파리의 속내를 뻔히 알면서 그를 철불가에게 인도 할 수는 없었다.

그렇다고 그의 제안을 거절하면 괴죽음을 내버려 둘 게 분명했 다. 산해파리는 소소생을 죽여서라도, 철불가가 있는 곳을 알아내 찾아갈 것 같았다. 어찌해야 할지 몰라 머리가 혼란스러운 그때,

"야광이다!"

산해파리가 말했다.

산해파리가 가리키는 곳을 보니 어둠 속에 활활 타오르는 불꽃 이 둥실 떠 있는 것이 보였다. 자세히 보니 정수리에는 화로를 얹고 새까맣게 탄 살과 뼈만 남은 사람 형상의 괴물이 있었다.

그 모습이 어찌나 흉측하고 징그러운지 소소생은 두 눈을 질끈 감고 싶을 정도였다.

"하나… 둘… 셋… 넷… 다섯……"

야광은 체를 보더니 다가와 체의 구멍 개수를 헤아리기 시작했 다. 야광이 체를 만지작대자 연결된 함정이 작동했다. 협죽함이 야 광의 위로 떨어져 놈을 꼼짝없이 가두었다.

"잡았다!"

소소생이 외쳤다. 산해파리는 야광이 갇힌 협죽함의 뚜껑을 닫았다. 야광이 달아나려 움직이자 협죽함이 들썩들썩 하였으나 이내 잠잠해졌다.

"소용없다. 협죽함은 괴물 잡는 괴물 상자다."

"대, 대단하세요! 어떻게 야광이 이리로 올 줄 아신 겁니까?"

소소생이 놀라서 물었다.

"야광은 신발을 좋아해서 자주 훔쳐 간다. 그래서 신발이 자주 사라지는 집을 물어 찾은 것이다. 그리고 이놈은 특이하게 네모난 구멍만 보면 매달려서 밤새 구멍의 수를 헤아리는 습성이 있지."

소소생은 산해파리의 지식에 또다시 감탄했다. 마치 걸어 다니는 괴물 사전 같았다.

산해파리는 협죽함에 난 작은 구멍으로 야광을 보았다. 작은 구멍으로 겁에 질린 야광의 두 눈과 파르르 떨리는 불꽃이 보였다.

"네놈의 약초 주머니와 이 체를 바꾸는 게 어떻겠느냐? 이 체는 구멍이 아주 아주 많아서 며칠 밤 내내 셀 수 있지. 이 구멍을 다 세면 새 체도 짜서 주마."

"저, 정말요?"

야광이 입을 크게 벌리며 놀랐다.

"그래. 그리고 다신 이 집에서 신발을 훔쳐 가지 말거라."

야광은 고개를 끄덕였다.

산해파리는 협죽함을 열어서 야광이 나오게 했다. 야광은 손에 쥐고 있던 주머니를 내밀었다. 산해파리는 약초를 꺼내고 빈 주머니와 체를 야광에게 건네주었다.

"약초는 잘 쓰마. 날이 밝기 전에 서둘러 가거라."

야광은 산해파리가 준 체를 소중하게 끌어안고 마당을 나갔다. 소소생과 산해파리도 협죽함을 들고 집을 나섰다. 검푸른 하늘에 희미하게 동이 트고 있었다. 김 대사와 약속한 사흘째 되는 날이었다.

"야광의 약초를 얻었으니 먹여 보자. 과연 약효가 있을지……."

산해파리와 소소생은 같은 증세를 보인 환자들이 모여 있는 곳으로 갔다. 산해파리는 그중 가장 위중해 보이는 자에게 갔다. 중년의 남자였는데 눈에 실핏줄이 터지고 피가 섞인 기침을 하고 있었다.

산해파리는 약초를 돌멩이로 짓이겨 만든 즙을 환자의 입에 흘려 넣었다.

아무 반응이 없어 보이던 남자의 얼굴에 점차 혈색이 돌았다. 실핏줄이 터져 빨개진 눈도 원래대로 돌아오는 것 같았다. 남자는 쿨럭 기침을 했으나 투명한 침만 나올 뿐 피가 멎었다.

"피가 멈췄어요! 약초가… 효과가 있는 것 같아요!"

눈앞에서 벌어진 기적에 소소생이 외치자 환자들이 모여들었다.

"선생님! 저도 고쳐 주세요!"

"저희 아이도 고쳐 주십시오."

"저희 어머니도요!"

소소생은 산해파리를 바라봤다. 산해파리는 약초를 나눠 주며 고개를 끄덕였다. 소소생은 신이 나서 다른 환자들에게 약초 즙을 나눠 주고 거동이 불편한 자들에겐 직접 입에 흘려 넣어 주었다.

얼굴이 흙빛이었던 환자들도 점점 혈색이 돌아오는 듯했다. 기침도 멎고 움직이지 못하던 몸을 자유자재로 놀릴 수 있었다.

"나았다! 이제 다 나았어!"

기뻐하던 그때, 처음 약초 즙을 마셨던 남자가 갑자기,

"컥. 커헉. 끅."

쿨럭 피를 토했다. 그를 시작으로 주변에 있던 환자들까지 쿨럭캐액 피를 왈칵 토하며 쓰러졌다.

"으윽."

환자들은 몸에 있는 피를 모조리 쏟아 낼 듯 토하더니 풀썩 쓰러졌다. 그렇게 모두 숨이 끊어졌다.

"이, 이게 어, 어떻게 된 거죠?"

갑작스런 상황에 소소생은 말도 제대로 나오지 않았다.

"마지막 방법도…… 실패다."

산해파리가 창백한 얼굴로 말했다.

돌림병은 백성들의 목숨을 태우며 들불처럼 번져 신라를 집어삼킬 것이다.

그날 저녁, 소소생은 도망치듯 사포로 가는 배에 올랐다. 산해파리에겐 미안하지만 철불가가 있는 곳은 알려 주지 않았다. 사람들

이 저렇게 많이 죽었는데, 철불가가 죽는 모습까지 볼 순 없었다.

소소생은 시무룩한 얼굴로 김 대사의 집을 찾아갔다.

"대사, 소소생이 왔습니다."

소소생이 나타나자 김 대사가 방에서 잽싸게 튀어나왔다.

김 대사는 임금이 바둑을 좋아한다는 소문을 듣고 아침부터 바둑을 배우던 차였다. 하지만 뇌가 흐리멍덩한 김 대사에게 바둑은 너무 어려웠다. 김 대사는 손에서 바둑알을 굴리며 물었다.

"그래, 어찌 되었느냐."

"당포의 괴죽음을 알아보던 도중에 박 한찬의 부하로 보이는 자가 미행했습니다. 이유는 모르겠고요."

"역시 박 한찬! 그놈이 뭔 짓을 한 게야! 능구렁이 같은 놈!"

김 대사가 투실투실한 볼살을 푸르르 떨며 분노했다.

"의학 지식이 해박한 산해파리라는 자는 당포에서 벌어진 연쇄 괴죽음의 원인이 돌림병이라고 진단했습니다. 돌림병이 더 번지지 않게 하려면 당포를 봉쇄하는 수밖에 없다고 하였습니다."

"돌림병이라……. 봉쇄하는 것이 방법이라면 그리 해야지."

의외로 김 대사는 아무렇지 않게 대꾸했다.

"너는 괜찮은 게냐?"

"예? 저, 저는 괜찮습니다."

소소생은 김 대사가 자기를 걱정해 주자 의아했다.

"저놈도 혹시 모르니 지하 감옥에 처박아 두거라. 최대한 빨리 죽게 아무것도 주지 말고, 시체는 바다 멀리 가지고 가서 태워라.

그리고 이 비장에게 직접 당포에 가서 전부 불태우라고 전해라."

"네? 불태우다뇨?"

소소생은 자기를 죽이라는 말은 들리지도 않았다. 당포를 불태우라는 말에 심장이 덜컥 내려앉을 뿐이었다.

"네가 돌림병을 막으려면 봉쇄해야 한다지 않았느냐. 돌림병은 저절로 사라지지 않는다. 그러니 전소시켜서 모든 병자와 그와 관련된 것까지 남김없이 없애야지."

"아직 당포에는 병에 걸리지 않은 멀쩡한 백성도 많습니다!"

"시끄럽다! 어디서 감히 말대꾸야? 당장 저놈을 끌고 가라!"

병사들이 소소생을 양쪽에서 붙잡았다. 소소생은 무력하게 병사들에게 끌려가 지하 감옥에 갇혔다.

"대사! 안 됩니다! 대사!"

소소생은 감옥에 갇힌 채로 외쳤지만 돌아오는 것은 메아리치는 자신의 목소리뿐이었다.

소소생은 당포에서 만난 사람들을 떠올렸다. 그들이 모두 불에 타 죽을지도 모른다 생각하니 초조하고 괴로웠다. 모든 것이 자기 탓 같았다. 소소생이 김 대사에게 산해파리의 말만 전하지 않았어도 벌어지지 않을 일이었다. 하지만 그대로 두었다간 돌림병이 다른 마을로 번져나갈 것이었다.

"어쩌지? 나 때문이야. 다 나 때문이야."

소소생이 무릎에 얼굴을 묻고 있을 때였다.

따끔. 팔이 벌레에 물리는 느낌이 났다.

소소생의 가방에 들어 있던 헝겊 인형에서 작은 벌레가 꼬물꼬
물 기어 나왔다.

갑옷 같은 검은색 껍질을 단단하게 두르고, 사납게 휘두르는 앞
발은 갈고리처럼 보여서 벌레를 가만히 보고 있자니 꼭 아주 작은
병사가 무기를 휘두르는 것 같았다. 소소생은 이 벌레를 어디서 봤
는지 그제야 떠올렸다.

산해파리 집에서 봤던 콩처럼 작고 윤이 나는 벌레였다.

"아! 너는, 그 콩알 벌레?"

〈4권에 계속〉

곽재식의

괴물도감

해당 도감의 그림과 설명은 문헌 기록을 참고하였으며,
괴물 수집가로 널리 알려진 곽재식 작가의 상상력과
감수를 토대로 재해석하였음을 밝힙니다.

취생

냄새 나는 재앙이라는 뜻으로, 비릿하고 썩은 냄새를 풍기는 안개 덩어리. 뭉치면 사람의 두세 배 크기로 커지지만 모습이 일정치 않다. 다만, 사람의 눈과 비슷한 두 지점에서 빛을 내뿜어 얼굴이 있는 것처럼 보인다. 안개 같은 모습이지만 날붙이에 위협을 느끼기도 하고, 죽을 때 벼락 같은 소리를 낸다. 죽은 뒤에는 아무 흔적을 남기지 않는다.

반동

얼룩무늬 아이, 얼룩둥이라는 뜻으로, 일찍이 사람에게 발견되어 붙은 이름이다. 어릴 때는 고양이와 같은 모습이나 자라면서 호랑이와 비슷한 몸집이 된다. 사람을 두려워하지 않으며 사람을 공격해 잡아먹기도 한다. 때로는 사람의 목소리를 흉내 내어 사람을 현혹하기도 한다.

거악

거대한 악어라는 뜻으로, 주둥이는 악어와 같고 몸통은 물고기와 같다. 주로 물속에 들어온 사람들을 공격해 잡아먹는다. 이빨이 날카롭고 턱 힘이 강력해 도끼처럼 사람의 몸을 잘라 낼 수 있지만, 유독 쇠붙이를 무서워한다. 거악을 물리치기 위해 해녀들은 작은 칼에 방울을 단 채로 물질을 한다고 한다. 방울 소리를 이용해 거악을 조종하는 신선 같은 존재가 있다는 전설이 전해진다.

야광

까맣게 탄 뼈와 살만 남은 사람의 모습으로 밤중에 돌아다닌다. 정수리 부분에 조그마한
등불이나 화로 같은 것이 있어서 빛을 내며 활활 타오른다. 민가의 신발을 훔쳐가거나
사각형의 구멍을 보면 그 개수를 헤아리는 습성이 있어서, 체를 걸어 두면 야광이 신발
을 훔쳐 가는 것을 막을 수 있다고 한다. 늘 주머니를 들고 다니는데, 여기에는 무슨 병이
든 고칠 수 있는 약초가 있다고 전해진다.

크리처스 3: 신라괴물해적전
흑갑신병 편 上

1판 1쇄 인쇄 2023년 2월 12일
1판 1쇄 발행 2023년 2월 22일

글 곽재식, 정은경
그림 안병현

펴낸이 김영곤
융합1본부장 문영
기획개발 변기석 신세빈 김시은
디자인 박지영
아동마케팅영업본부장 변유경
아동마케팅1팀 김영남 황혜선 이규림 황성진
아동마케팅2팀 임동렬 이해림 안정현 최윤아
아동영업팀 한충희 오은희 강경남 김규희
제작팀 이영민 권경민

펴낸곳 (주)북이십일 아르테 **출판등록** 2000년 5월 6일 제406-2003-061호
주소 (우 10881) 경기도 파주시 회동길 201(문발동)
대표전화 031-955-2100 **팩스** 031-955-2151
홈페이지 www.book21.com

ISBN 978-89-509-0897-3 (44810)
       978-89-509-0969-7 (세트)

• 책값은 뒤표지에 있습니다.
• 이 책 내용의 일부 또는 전부를 재사용하려면 반드시 (주)북이십일의 동의를 얻어야 합니다.
• 잘못 만들어진 책은 구입하신 서점에서 교환해 드립니다.